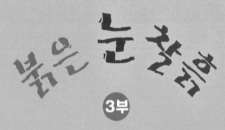

3부

마녀와 결투

1판1쇄 발행 / 2025년 5월 1일

발행인 김삼동
글 · 그림 김삼동
편집 조성훈
인쇄 선진인쇄
펴낸곳 도서출판 THE삼
주소 (03427) 서울시 은평구 서오릉로21길 36 현대@101동 401호
전자우편 ksd0366@naver.com | **전화** 02) 383-8336

ISBN 979-11-89780-19-7

도서출판 **THE삼**은 문학브랜드입니다.

마녀와 결투

글·그림 김 삼 동

도서출판 THE 삼

작가의 말

찰흙을 조몰락조몰락 만지고 있으면 무얼 만들지 온갖 상상들이 펼쳐집니다.

곰을 만들까, 토끼를 만들까, 내가 좋아하는 짝지 얼굴을 만들까, 책에서 봤던 괴물을 만들까 아니면 우주선을 만들까 마음이 설렙니다.

특히 찰흙의 감촉을 손끝으로 느끼면서 만들고자 하는 동물의 특징이나 형태를 잘 살려 재미있게 만드노라면 마법 같은 일들이 벌어집니다.

찰흙의 종류도 참 많습니다.

어렸을 때는 논두렁을 파서 흑갈색이나 갈색 흙을 학교에 가지고 갔던 기억이 납니다. 그리고 학교에서 종이찰흙을 만든 기억도 납니다.

요즈음은 문구점에 가면 마음에 드는 찰흙을 살 수 있습니다.

그런데 찰흙세계에 가면 우리가 생각지도 못한 찰흙들이 많답니다.

마음찰흙, 거품찰흙, 낄낄찰흙, 방귀찰흙, 웃음찰흙, 간지럼찰흙 등 특히 어린이들이 가장 좋아하는 마법찰흙이 있답니다.

구약성경에도 기록되어 있답니다.

'여호와 하나님의 땅의 흙으로 사람을 지으시고 생기를 그 코에 불어 넣으시니 사람이 생명이 되니라' 라는 구절이 나옵니다.

마법사들과 도공들은 여호와 하나님이 사용했던 흙을 찾으려고 세계 여러 나라를 찾아다녔답니다.

이야기에 의하면 율이라는 마법사가 신비로운 힘을 가진 흙을 찾았답니다.

'붉은 눈 찰흙' 이랍니다. 찰흙의 알갱이마다 생명이 있답니다.

붉은 눈 찰흙은 정의로운 자, 가장 절실히 필요한 자만이 만질 수 있답니다. 조금이라도 나쁜 마음 또는 욕심이 있는 자는 붉은 눈 찰흙을 만지거나 보는 즉시 저주를 받는답니다.

여러분!

나와 함께 마법의 찰흙세계를 다녀올까요?

붉은 눈 찰흙

3부

마녀와 결투

마귀에게 붙들리다

나는 지친 다리를 쉬려고 바위에 걸터앉았다. 내 몸에는 벌레들이 보이지 않았다. 내가 헛것을 보았다.

"으으으!"

어렸을 때부터 귀에 익은 여자의 신음이 굴 안쪽에서 들려왔다. 입에 뭔가 물려 있는 소리였다.

"엄마?"

나도 모르게 소리가 나는 곳으로 발길을 돌렸다.

소리를 따라 굴 깊숙이 들어가자, 편평한 바위 위에는 온몸이 꽁꽁 묶인 엄마가 있었다. 입에는 낡은 헝겊이 가득 물려 있었고, 몸은 차가운 바닥에 누워 있었다. 그리고 오랫동안 씻지 않은 야윈 얼굴, 마구 헝클어진 머리카락 그리고 옷까지 젖어서 몸에 달라붙어 있었다.

나는 망설여졌다. 마귀가 엄마처럼 감쪽같이 변신한 건 아닐까 라는 의구심이 들었다.

묶인 엄마가 나를 봤으면서 뭐하냐고 꾸중하는 눈빛이었다. 내가 네 엄만데 왜 망설이느냐는 원망도 있었다. 뒤로 묶인 두 손만이라도 아프니까 풀어달라고 등을 돌려서 내게 보이며 애원했다. 가까이 다가가 보니 줄에 묶인 손목에는 피가 맺히고 시뻘겋게 부어 있었다.

엄마가 집에 돌아오지 못한 건 굴에 갇힌 채 묶여 있었던 건 아닐까 추측했다. 그리고 성민이가 없을 때 '내가 마귀한테 붙들리기라도 한다면'라는 불안감이 들었다.

"으으으!"

엄마가 다시 한 번 묶인 손을 흔들며 풀어달라고 애원했다. 두 눈에서 눈물이 주르르 흘렀다.

홍홍 할머니의 말을 따를 것인지, 내 의지대로 할 것인지 고민했다.

오른손에 쥔 나무칼을 내려다봤다. 젤리 같은 얼룩이 묻었다.

시간이 흐를수록 엄마가 실망스러운 표정으로 변했다. 애원도 포기했는지 더는 하지 않았다. 엄마는 자포자기한 모습으로 변해갔다. 이제 내 눈도 피했다. 내가 엄마를 부정하는 걸 엄마가 인정하는 것 같았다. 어쩌면 '내가 널 버렸으니 너도 날 버릴 거야.'라고 포기하는 것 같았다.

나는 깊은 고민에 빠졌다. 머리가 지끈거렸다.

마녀가 엄마를 이런 깊숙한 지하에 가뒀으니 집에 돌아오지 못했을 수 있다.

엄마는 붉은 눈 찰흙을 주면 우리 가족이 위험하다는 걸 알고 말하지 않았을 거다. 홍홍 할머니도 이번 일이 엄마와 아빠 그리고 엄마 친구로 변한 마녀와 얽힌 문제라고 했다. 아빠 말대로 3년 동안 코빼기도 보이지 않은 이유가 엄마가 이곳에 갇힌 이유였다.

"큰 비가 내려서 마을이 물에 잠겼어. 경운이와 내가 물에 빠져서 죽을지도 몰라. 그때 하늘에서 줄이 하나 내려왔어. 한 사람만 줄을 잡고 올라갈 수 있어. 경운이는 어떻게 할 거야?"

"엄마를 구할 거야."

그때 나는 서슴없이 대답했다.

나는 망설인 게 부끄러웠다.

"엄마! 조금만 기다려!"

나는 엄마의 손목을 묶었던 줄을 풀기 시작했다.

밤 11시에 나가 빌딩 청소를 하고 다음 날 새벽 7시에 들어왔다. 아침 식사를 마치면 잠시 누웠다가 오전 11시에 나와 동생을 데리고 분식집으로 출근했다. 코로나19때는 주민센터에서 청소일이든 재활용 분리하는 일이든 닥치는 대로 했다. 아파트를 살 때 융자금을 갚기 위해서였다. 다른 엄마처럼 얼굴에 예쁘게 화장하는 걸 보지 못했다. 옷도 어디서 구했는지 낡은 옷이었다. 아빠는 코로나19가 시작되면서 일자리를 잃었다. 잘 먹지도 못하는 술을 먹고 소리만 질렀다.

어렸을 때부터 엄마가 고생한 걸 고스란히 보아온 나였다. 아직도 그때의 앙상했던 손목이 지금은 붉게 변하여 통통하게 부은 걸 보자 눈물이 핑 돌았다.

손에 묶인 줄을 다 풀었을 때였다.

엄마의 두 손이 내 손을 덥석 잡고 놓아주지 않았다. 엄마의 손은 얼음처럼 차가웠다. 그동안 추운 굴에 있어서 손이 차가울 거라고 믿으려 했다.

엄마의 몸이 하얀 털로 뒤덮인 할머니 마귀로 변했다. 이곳에 와서 보았던 마귀였다.

"으흐흐흐!"

굴 안쪽에서 마녀와 마귀들이 우르르 몰려나와 음산하게 웃었다.

"얘들은 귀신이라도 엄마 아빠를 보면 깜빡 속지!"

할머니 마귀가 엄마를 묶었던 줄로 내 몸을 묶어서 돌바닥에 내동댕이 쳤다.

마녀가 내 바지 주머니를 뒤겼다.

몸을 이리저리 움직이며 저항하였지만 붉은 눈 찰흙을 지키지 못했다.

"호호호! 이제 내 세상이야! 내 세상!"

마녀가 붉은 눈 찰흙을 흔들며 춤을 추었다. 마귀들도 마녀를 따라 내 주위를 빙빙 돌면서 괴이쩍은 소리를 내며 춤을 췄다. 마치 슬릭백처럼 발이 땅에 닿지 않아 보였다.

"이제 너를 도와줄 사람은 아무도 없다. 성민이는 구렁이에게 끌려갔고, 홍홍 할머니는 네가 붙들린 걸 알고 도망쳤단다."

마녀가 뱀의 혀를 날름거리며 기쁜 표정을 지었다.

"오랫동안 인간 냄새를 맡지 않았더니 기운이 없구나."

이번에는 할머니 마귀가 내 입을 강제로 벌리고 길게 숨을 빨아들였다.

손과 발뿐만 아니라 온몸까지 힘이 쭉 빠져나갔다. 손가락 하나 움직일 수 없었다. 마녀의 향수 냄새가 방 안에 가득한 날이면 내 몸은 무기력한 몸 같았다.

이번에는 마녀가 비릿하게 웃으며 다가왔다. 그리고 내 입에 마녀가 입술을 대고 호흡을 길게 들이켰다.

"낄낄낄! 신선한 기를 마셨더니 이제야 살 것 같구나!"

마녀가 음산하게 웃었다. 그리고 내 턱을 긴 손톱으로 치켰다.

나는 살려달라고 애원했지만 생각뿐이었다. 이제 손가락 하나 움직일 수 없었다.

"이 찰흙의 비밀을 말해줄까?"

마녀가 사악한 목소리로 속삭였다.

" '붉은 눈' 이라는 마법찰흙이다. 붉은 눈 마법찰흙을 보는 자는 눈이 멀어버린다는 옛날이야기가 있었단다.”

마녀가 마법찰흙이 있는 봉지를 흔들며 말했다.

“붉은 눈 찰흙은 옛날 마왕의 ‘레드 아이(Red Eye)’라는 붉은 눈이라는 칼이었다. 바라만 봐도 눈이 멀고 천하장사라도 힘을 못 쓰지. 바위도, 쇠붙이도, 그 어떤 것도 벨 수 있는 아주 강력한 칼이었다. 반지의 제왕에 나오는 엑스캘리버와 같은 칼이야. 그 칼을 주술사 녀석이 훔쳐 달아났다가 붙잡히기 직전에 주술을 외어서 칼을 가루로 만들어버렸단다. 누명을 벗으려고 말이다. 보기에는 아주 품질이 좋은 씨앗 같아 보이지만 사실은 쇳가루였다. 마법이나 정의를 위한 자 또는 반드시 붉은 눈 찰흙이 필요한 자이어야 붉은 눈 찰흙으로 다시 칼을 만들어 쓸 수 있다고 하였다.”

마녀의 목소리가 흥분하여 떨렸다.

“왕은 주술사를 죽였다. 주술사는 숨이 끊어지기 직전에 가루에다 저주를 내렸단다. 가루인 붉은 눈 찰흙을 가진 자는 평생 잠을 자게, 그런데 네 녀석은 잠을 자기는커녕 붉은 눈 찰흙으로 삽살개를 만들었다. 이 얼마나 위험천만한 일이냐. 마치 어린아이가 총이 얼마나 위험한 물건인지 모르고 가지고 노는 것이나 다름없지 뭐냐. 그리고 놀라운 건 또 있다.”

마지막 말을 할 때, 마녀의 커다란 눈은 경이로움과 놀라움이 가득 차 있었다.

“너는 아주 특별한 힘을 가지고 태어났구나. 뭉쳐지지도 않는 붉은 눈 찰흙을 넌 만지고 주물러서 삽살개를 만들었는데도 눈이 멀거나 잠자는 저주는커녕 우리를 물리쳤다. 자칫 우리는 위험할 뻔했다. 붉은 눈 찰흙 알갱이 하나에도 마법이 있다는 걸 네가 몰랐다는 게 천만다행이구나. 그래서 내가 너를 보호하기 위해서 이 찰흙을 가지고 있겠다. 나를 고맙게 여겨야 할 거야. 호호호!"

마녀가 말을 마치고 요사스럽게 웃었다.

나는 마녀가 뭐라고 지껄이는지 내 귀에 들어오지 않았다. 붉은 눈 찰흙은 나를 보호하는 유일한 물건이었다. 마녀에게 붉은 눈 찰흙을 빼앗긴다는 것은 엄마와 동생을 구할 수 없고, 내 목숨도 빼앗긴 거나 다름없었다. 이제 마녀가 만든 약병들을 없앤다 해도 소용없었다. 모든 것을 잃어버린 것 같아서 눈앞이 캄캄했다.

"안 돼요! 제 거란 말이에요!"

울면서 붉은 눈 찰흙을 달라고 애원했다.

"네 엄마가 붉은 눈 찰흙을 훔쳤다고 너에게 말할 수 없었을 거야. 네 엄마는 남의 걸 평생 훔치지 않았다고 자부하는 강한 여자니까."

"우리 엄마는 훔치지 않았어요!"

"나중에 네 엄마를 만나거든 물어보아라. 내가 한 말이 모두 사실이라는 걸 알게 될 거다."

마녀가 또박또박 끊어서 힘주어 말했다.

"우리 엄마를 살려주세요!"

"나는 모른다. 네 엄마가 신비한 약을 구하러 미흑성에 갔다가 돌아오지 않는다는 사실 밖에."

"미흑성은 어디에 있어요?"

내 몸에서 기운이 서서히 돌아왔다. 하지만 두 손과 발이 꽁꽁 묶여 있어서 구르는 것밖에 할 수 없었다.

"경운아. 미흑성은 우리 마귀조차도 함부로 들어갈 수 없는 비밀스러운 곳이란다. 붉은 눈 찰흙이 있다 해도 말이다. 그러니 포기하는 게 네 목숨을 살릴 수 있단다. 그리고 네가 말을 잘 듣는다면 네 동생의 저주는 풀어 줄 거다."

"앞으로 말 잘 들을게요. 제발 날 밖으로 내보내 주세요!"

나는 울며 호소했다. 몸이 꽁꽁 묶인 채 굴에 갇혀서 밖으로 나갈 수 없다는 두려움이 컸다. 밖에서 나를 애타게 기다리는 동생을 생각하면 반드시 굴 밖으로 나가야만 했다.

"경운아. 널 밖으로 내보낼 수 없단다. 곧 알게 될 거야!"

"살려 주세요!"

"이제 우리 세상이야. 마귀의 세상이라고! 호호호!"

마녀는 웃으면서 마귀들과 함께 굴 안쪽으로 사라졌다.

나는 맨 뒤에 남은 뚱뚱한 마귀의 주먹 한 방에 정신을 잃고 말았다.

36 구렁이가 나타나다

정신을 차려 보니 손발과 몸이 꽁꽁 묶인 채 바위 위에 누워 있었다. 바위가 차가워서 몸이 으슬으슬 추웠다. 몸을 굴려 차가운 등을 위로 향하게 누웠다. 그리고 마녀가 한 말을 곰곰이 따졌다.

'엄마는 어째서 친구의 붉은 눈 찰흙을 훔쳤을까? 내가 아무리 찰흙을 좋아한다고 해도…. 학교 다닐 때 친구의 필통에서 천 원을 훔친 일 때문에 괴로워했다면서, 그리고 그 일이 가슴에 주홍글씨처럼 남아있다면서. 붉은 눈 찰흙을 훔쳐야만 하는 또 다른 이유가 무엇이었을까? 엄마는 단 한 번도 붉은 눈 찰흙이란 이름도 입에 올리지 않았었어. 내가 찰흙을 가지고 놀 때마다 마법찰흙이었으면 좋겠다고 말하면 엄마는 빙그레 웃기만 했다. 그 웃음 속에는 마법찰흙을 알고 있다고 암시하는 것일까.'

생각들이 마법찰흙이란 하나의 줄기에 고구마처럼 주렁주렁 매달렸다.

"앞으로 어떻게 했으면 좋겠어?"

나는 왼쪽 주머니에 있는 돌멩이에 물었다.

"….'

"대답하란 말이야! 어떻게 했으면 좋겠냐고!"

돌멩이는 대답이 없었다.

그때 어디선가 이야기 소리가 들렸다. 할머니 마귀와 마귀들이 사라진 곳에서 났다.

"…마녀님이 약을 다 만들었대. 이제 원하는 사람을 마법찰흙으로 만들기만 하면 된다고 했어."

"진짜야?"

변성기에 접어든 남자 마귀의 목소리였다.

"그래서 나는 경운이네 집에서 엄마랑 살아야 돼."

여자 마귀의 목소리였다.

"좋겠다!"

"난 뭐냐. 경운이로 변하게 해준다고 했는데…."

쇳소리가 나는 남자 마귀의 불만 섞인 목소리였다.

"꿈도 꾸지 마. 경운이는 마녀가 이미 정해놓은 마귀가 있대."

"조용히 해. 저 아이가 들을지도 몰라."

"아까 뚱보 마귀가 주먹 한 방으로 기절시켰잖아."

"누가 저 녀석으로 변하는지 나는 알아."

"조용히 하라니까! 저 녀석이 듣는다니까!"

마귀들의 목소리는 더는 들리지 않았다.

마귀들의 이야기가 사실이라면 홍홍 할머니의 말이 옳았다. 가짜 가족이 우리 가족을 내쫓고 집을 차지한다는 사실이. 그렇다면 아빠는 어떻게 될까. 그리고 엄마가 돌아온다면…?

나는 굵은 줄로 꽁꽁 묶인 손목을 빼내려고 노력했다. 하지만 줄은 마법이라도 걸린 듯이 손을 빼내려고 하면 손목을 더욱 옥죄었다. 발목을 감은 줄도 빼내려고 하면 할수록 더욱 조여와 발목이 아팠다.

'엄마!'

온몸이 꽁꽁 묶인 채 차가운 바닥에 누워 있었던 엄마. 3년 동안 씻지 않은 데다 굶어서 야윈 엄마. 가짜 엄마라도 굴에 갇혀 있는 걸 누구든 보았다면 나와 같은 행동을 하지 않았을까 라는 생각에 억울한 마음이 조금 누그러졌다.

성민이가 보고 싶었다.

성민이 할머니가 성민이의 손을 잡았을 때, 가짜라고 나무칼로 내리치지 못한 게 후회가 됐다. 성민이는 가짜 연희에게서 나를 구해주었다. 지금 생각하면 사투리를 쓰는 거나 모습이 영락없는 할머니였다. 가짜 성민이 할머니라 해도 때리는 건 내 마음이 허락하지 않았다.

마귀한테 붙들려 간 성민이는 어떻게 됐을까. 성민이가 없으면 내게는 나쁜 일들이 생겼다.

경희에게 비밀을 물었을 때도, 집을 이사할 때도, 조금 전 마녀에게 붙들렸을 때도 성민이가 내 곁에 없어서 생긴 일이었다.

성민이가 곁에 있을 때는, 가짜 연희에게 붙들리지 않았고, 마왕에게 붙들려 갔을 때도 성민이가 도와주겠다는 말 한마디로 풀려났고, 내가 이사한 걸 홍홍 할머니에게 알리게 된 것도 성민이였다.

내가 없는 게 성민이에게는 있었다. 초록 도령과 붉은 도령에게 나와 함께 있는 게 소원이라고 말했다. 그리고 함께 있을 때 좋은 일이 일어났다. 초록 도령을 만났을 때 마음속으로 좋은 일이 일어나기를 빌었을지 모른다. 성민이는 헤헤헤 웃지만 마음은 누구보다 단단하다는 홍홍 할머니의 말이 옳았다.

'달아나야 해.'

여기에 갇혀 있으면 영영 나갈 수 없다는 불길한 생각이 들었다. 그리고 동생이 나를 애타게 찾을 거라는 생각이 들었다. 무엇보다 내가 나가지 않으면 가짜 경운이가 학교에 다니고 가짜 경운이 아빠와 엄마가 진짜 우리 엄마와 아빠를 내쫓을지 모른다는 불안감이 들었다. 마음이 급해졌다.

나는 영화에서 죄수가 손에 묶인 줄을 날카로운 바위에 문질러서 끊고 탈출하는 장면을 떠올렸다.

뾰쪽한 바위를 찾아 몸을 굴렸다. 아주 오랜 옛날에는 돌칼로 고기도 자르고 나무도 잘랐다고 했다.

"아!"

솟아난 바위에 갈비뼈가 부딪혀서 아팠다. 입을 꾹 다물고 참았다. 바위 모서리에다 손목에 묶인 줄을 문질렀다.

열 번, 스무 번, 줄은 마법으로 만든 줄이라 튼튼했다. 손목의 힘은 점점 약해졌다. 바닥이 찬 데다 고인 물에 옷이 젖어서 으슬으슬하게 추웠다. 뱃속에서 꼬르륵 소리가 났다. 마지막 먹은 건 이사하는 날 아침에 빵과 우유가 전부였다. 동생 구렁이가 보고 싶었다.

어딘가 갇혀 있을 엄마를 구해야 한다는 생각이 간절했다.

"어?"

뱀인지 구렁이인지 내가 왔던 길에서 이리로 다가오고 있었다.

구렁이인 경희는 문밖에 내보내고 문을 닫았기 때문에, 굴에 사는 구렁이라고 믿었다.

시이잇! 시이잇!

구렁이가 다가오면서 입을 벌리고 혀를 쉴 새 없이 날름거렸다. 등이 누런 구렁이인 경희였다.

"어떻게 왔어?"

동생 구렁이를 보자 기뻐서 눈물이 났다.

갑자기 구렁이가 머리를 높이 쳐들고 굴 안쪽을 향해 혀를 날름거렸다. 마귀들이 사라졌던 굴이었다.

"왜 그래?"

내가 물었지만 구렁이는 여전히 마녀가 사라진 굴을 향해 혀로 냄새를 맡았다. 동물의 왕국에서 뱀은 혀로 냄새를 맡아 어떤 동물인지 구별한다고 했다.

"마녀의 냄새를 맡은 거야?"

내가 물었지만, 경희는 마녀가 사라진 굴로 기어갔다. 내가 위험하니 가지 말라고 말렸지만 소용없었다.

10여 분이 지나도 구렁이는 나타나지 않았다. 불길한 생각들이 내 머릿속에 가득 찼다.

그때 구렁이가 사라진 굴에서 자갈이 부딪치는 소리가 들렸다.

온몸이 굳었다.

탈출

구렁이의 입에는 찰흙인형이 있었다. 성민이 주머니에 있던 찰흙인형이었다.

"성민이 봤어?"

나는 반가운 나머지 눈물이 찔끔 나왔다.

구렁이가 혀를 날름거렸다. 알 수 없지만 성민이가 떨어뜨리고 간 인형의 냄새를 맡았다는 이야기를 하는 같았다.

"경희야, 고마워."

구렁이가 내 손에 찰흙인형을 놓았다. 성민이가 자신을 만든 게 엉성하긴 하지만 코나 입 그리고 눈이 조금 닮았다. 가슴을 문지르자 따스한 온기가 손끝에 느꼈다.

수우욱!

찰흙인형의 몸이 천천히 부풀어 오르더니 꽁꽁 묶인 성민이로 변했다.

"헤헤헤!"

성민이는 묶여 있는데도 뭐가 좋은지 웃었다. 두려움에 떠는 나와 달랐다. 내가 미안하다고 말할 새도 없이, 성민이가 손가락만으로 내 손에 묶인 줄을 풀었다. 곡식 자루 묶은 줄도, 꼬인 줄도, 쌀 포대의 박음실도 다 풀 수 있다고 날 안심시키려고 말했다.

초록 도령의 말이 또 한 번 옳았다. 나는 성민이와 함께 다녀야 위험에서 벗어났다.

"구렁이가 왔었어."

"내 동생이라고 했잖아."

"알아. 여기 빨리 나가야혀. 마녀가 굴 입구를 무너뜨려서 우리가 나갈 수 없게 막는다고 말했어."

"안 돼. 나는 약을 찾아서 없애야 해. 그렇지 않으면 우리 가족이 위험하게 돼."

"안 되어. 굴이 막히면 우리는 굴에 갇혀서 죽는단 말이야!"

성민이의 힘센 두 손은 나를 번쩍 들어서 사다리가 있는 곳으로 갔다.

대문 밖으로 나오자 집은 처음 보았던 낡은 집이었다.

바람이 쌩 한번 크게 불자, 집은 뿌연 먼지를 일으키며 무너져 내렸다.

마녀가 만든 약과 함께 땅속 깊숙이 묻히는 걸 보자 눈이 확 뒤집혔다. 경희가 평생 구렁이로 살아야 한다는 게 억울했다.

"안 돼!"

나는 소리를 지르며 먼지가 폴폴 나는 부서진 집으로 달려갔다. 지붕과 벽이 무너지면서 굴이 어디인지 찾을 수가 없었다.

동생 구렁이가 다가와 혀를 수없이 날름거렸다. 뭐라고 말하는지 알 수 없었다.

나는 동생 구렁이에게 미안하다고 말했다. 반드시 사람으로 구해주겠다고 약속했다.

이제부터 싸움

집에 가는 게 두려웠다. 하지만 마녀를 집에서 쫓아내기 위해서는 집에 가야 한다는 사실은 변하지 않았다.

지금까지 마녀가 구렁이라는 사실밖에 알아낸 게 없었다. 또 있다면 마녀가 우리 가족을 몰아내려고 가짜 가족을 만들기 위한 약을 만들었다는 것도 알았다.

펑!

눈앞에 연기와 함께 홍홍 할머니가 나타났다.

"홍홍홍! 너희들 무사히 나왔구낭."

홍홍 할머니가 팔을 크게 벌리며 반겼다. 우리가 살아서 돌아올 줄 알았다면서, 우리를 굴에 두고 간 이야기는 꺼내지도 않았다.

"엄마로 변한 마귀가 엄마와 똑같았어요!"

"그렇다면 네 엄마는 살아있다는 거당!"

"꽁꽁 묶여 있었어요!"

"마귀가 네 엄마의 모습과 같다면, 네 엄마는 새엄마가 묶어서 가둬

놓았다는 거당. 어디 있는지 가르쳐 주더냥?"

나는 고개를 저었다.

"안타깝구낭."

홍홍 할머니가 혀를 끌끌 찼다.

" '왕자와 거지' 이야기 알고 있낭?"

나는 고개를 끄덕였지만, 성민이는 난처하거나 미안하다거나 모를 때

버릇처럼 헤헤헤 웃었다. 내가 대답하기 곤란하면 우물쭈물하는 것처럼.

"몰라도 괜찮아앙."

홍홍 할머니가 성민이의 등을 톡톡 치며 부끄러운 일이 아니라고 안심시켰다.

"왕자는 거지가 되고 거지는 왕자가 되는 이야기당. 여기서 문제가 생겼당. 거지였던 왕자가 진짜 왕자를 가짜라고 내쫓았당. 지금 경운이가 그런 꼴이 됐당. 그뿐이 아니당. 지금 마녀와 가짜 경운이는 학교와 연희네 집을 찾아다니며 진짜 행세를 하고 있당. 모두 감쪽같이 속고 있당."

"마녀는 혀가 뱀처럼 변했는데요?"

"이제 그렇지 않당. 마녀는 인간이 되는 약을 만들어서 먹었당. 그래서 새엄마처럼 오른쪽 귓불에 있는 점까지 똑같당."

"그럼 저번에 준 회초리로 싸우면 되잖아요!"

"맞아유. 지도 도와줄 거예유."

"마녀를 겁만 주어서는 안 된당. 붉은 눈 마법찰흙으로 반지 제왕에 나오는 엑스캘리버와 같은 칼을 만들어서 마귀들을 없애야 한당."

"찰흙세계에 있는 마법찰흙은 안돼요?"

"마법의 힘이 50%라서 어림없당."

"붉은 눈 마법찰흙을 빼앗겼는데요!"

"뭐랑?"

나는 붉은 눈 찰흙을 빼앗긴 자초지종을 설명했다.

"이제 너희들을 도와줄 수 있는 아이는 연희 밖에 없당. 연희가 가짜 경운이를 설득해서 붉은 눈 마법찰흙을 훔쳐와야 한당."

"연희가 가짜 경운이를 진짜라고 믿고 나를 가짜라고 하면요?"

나는 연희가 가짜 경운이와 나와 구별할 수 있을지 궁금했다.

"그렇구낭. 연희가 너를 가짜라고 생각할지 모르겠구낭. 가짜 경운이와 너와 똑같이 닮아서 네가 어떤 말을 해도 믿지 않을지도 모르겠구낭. 걱정이당. 걱정이당!"

"할머니가 도와주면 안 돼요?"

"나도 너희들을 도와줄 거당. 하지만 연희의 도움이 꼭 필요하당."

"전 연희하고 말도 안 해요."

"그건 걱정 안 해도 된당. 가짜 경운이가 미안하다고 했을 거양. 어쩌면 좋은 기회일지도 모른당."

"성민이가 하면 안 돼요?"

"생각해 봐랑. 성민이와 연희 중 누가 가짜 경운이를 설득할 수 있는징?"

나는 당연히 연희라고 말했다.

"연희는 정직하고 똑똑해서 아이들도 선생님도 그의 말이라면 듣는당. 가짜 경운이네 가족들을 쫓아내려면 연희의 도움이 꼭 있어야 한당."

"그런데 연희는 귀신이니 마귀니 믿지 않는데요?"

"어쩌면 성민이의 말이라면 연희가 믿을지 모른당. 성민이가 거짓말을 못 하니깡. 성민이가 할 수 있겠느냥?"

"헤헤헤! 알았어유. 제가 학교에 다니는 경운이를 가짜라고 말할게

유."

성민이가 소처럼 큰 눈을 껌벅거리며 웃었다. 웃음 속에 자신감이 있
다는 건 나만이 알 수 있었다.

나는 성민이에게 고맙다고 등을 톡톡 쳤다.

"경운아, 이제부터 네가 생각지도 못한 엄청난 일들이 자주 일어날
거양. 두려워마랑."

"내가 살아서 돌아왔으니까 마녀에게 붙들릴 수도 있고, 위험할 수도
있다는 거네요?"

"눈치 하나 빠르당."

"초록 도령과 붉은 도령을 봤는데요. 뭐,"

나는 두려움을 숨긴 채 아무렇지도 않다는 듯이 말했다.

홍홍 할머니가 나와 성민이에게 마법찰흙 하나씩 주었다.

"지난번에 사용했던 마법찰흙과 같당. 몸 조심하랑."

홍홍 할머니는 말하고 사라졌다.

누가 진짜

"연희가 경운이네 가족이 가짜라는 걸 믿지 않을 거야."

나는 걱정이 되어서 말했는데, 성민이가 헤헤헤 웃기만 했다. 연희를 설득할 자신감이 있는 성민이만의 웃음이었다.

나는 훙훙 할머니가 준 찰흙으로 성민이의 방을 만들었다. 그리고 주문을 외웠다.

순식간에 우리는 퀴퀴한 곰팡내가 나는 성민이네 반지하 방에 조금 전 똑같은 모습으로 앉아있었다.

성민이의 방은 내 방보다 작고, 벽지도 색이 변하여 그림들이 흐릿했고, 장난감도 바퀴가 빠진 자동차, 한쪽 팔이 없는 로봇, 문구점에서 백 원 넣고 뽑는 플라스틱이나 고무로 된 장난감이 열 개쯤, 플라스틱 블록도 삼십 개쯤, 오래된 책상과 둥근 의자, 로봇이 그려진 낡은 가방이 전부였다. 그리고 한쪽에는 손잡이의 칠이 벗겨지고 때가 묻은 낡은 냉장고와 조그만 탁자가 있었다.

우린 할머니가 볼까 봐 구렁이가 든 상자를 성민이의 방에 두고 그 위에 가방을 얹어두었다.

　장사를 마치고 온 성민이 할머니가 오랜만에 귀한 손님 왔다고, 성민이에게 시장에 가서 떡볶이와 어묵을 사 오라고 심부름을 보냈다.

　할머니는 굴에서 만났던 마귀 할머니의 억양이나 말투 그리고 심한 사투리까지 똑같았다.

　내 이름 경운이를, 갱운이, 선생님은 선상님, 성민이를, 야, 가르쳐를

갤쳐, 엄마 아빠를 에미 에비라고 심한 사투리를 썼다.

할머니는 내가 묻지도 않았는데 성민이가 두 살 때, 장사하는 엄마 아빠가 교통사고로 돌아가시고 할머니가 키웠다고 하였다. 일자무식인 할머니가 글을 가르치지 않아서 열 살인데도 글을 깨우치지 못한 것이 할머니 자신이 무식한 탓으로 돌렸다.

"공부는 못혀도 이 할미 챙기는 건 지극 정성이라니께. 사람으로서 그게 가장 중요하당께."

성민이가 일곱 살 때, 할머니가 얼음 위에 넘어져서 허리를 다쳤다고 했다. 그때부터 성민이가 곡식 자루 옮기는 일을 눈비가 와도 하루도 빠짐없이 도와주었다고 하였다. 아침에 학교에 늦는 건 곡식 자루를 옮겨 놓고 가기 때문이라고 했다.

나는 할머니의 이야기를 들으면서 꾸벅꾸벅 졸았다.

다음날 성민이가 학교에서 돌아왔을 때야 잠에서 깼다. 떡볶이를 먹고 열일곱 시간 가까이 잤다.

성민이가 가짜 경운이에 대해서 말했다. 생김새도, 목소리도, 꺼억꺼억 우는 소리나 조는 모습, 오늘 받아쓰기 20점을 받은 것까지 모두 나와 똑같다고 했다.

나는 성민이의 이야기를 듣는 내내 기가 막히고 두려워서 "진짜!"라는 말만 내뱉었다.

"가짜라고 신고혀!"

성민이가 처음으로 웃지 않고 진지하게 말했다.

나는 경찰이 믿지 않을 거라고 말했다. 어른들은 마귀니 마법찰흙이니라는 말을 터무니없는 말이라고 설명했다. 그리고 아빠도 믿지 않는다고 덧붙였다.

그때 문을 두드리는 소리가 났다.

성민이의 눈이 놀라 휘둥그레졌다. 지금까지 찾아온 사람이 없었다고 말했다.

"성민아!"

내 목소리와 똑같은 가짜 경운이였다.

"내가 여기 있다고 말했어?"

"네가 우리 집에 있다고 가르쳐주지 않았단 말이야."

성민이가 억울하다는 표정을 지었다. 그리고는 문을 열어줄지 말지 내 눈치를 살폈다.

"성민아!"

또 한 번 내 목소리와 똑같은 목소리가 밖에서 들려왔다.

"실수하지 말고 말을 잘해. 내가 없다고."

나는 입을 달싹거리며 주의 주자, 성민이가 걱정하지 말라고 고개를 끄덕였다.

'아! 맞다. 성민이와 내가 함께 굴속에 갇혔는데 성민이가 나타났다면 당연히 나도 나타났을 거라는 생각을 왜 못했지.' 나는 성민이를 의심한 게 미안했다.

"나야. 경운이."

나는 가짜 경운이가 나와 얼마나 닮았는지 궁금했다.

'문 열어주지 마.'

나는 입 모양으로 또박또박 말했다.

"나 지금 바빠."

성민이가 밖을 향해 외쳤다.

'바보야. 바쁘다고 하면 어떻게 해. 지금 만나고 싶지 않다고 말을 해야지!' 라고 인상을 찌푸렸다.

"나 지금 만나고 싶지 않아."

'잘했어' 나는 엄지를 내밀었다.

"문 좀 열어 봐. 너한테 줄 게 있어. 잠깐이면 돼."

"안 돼. 나 지금…."

"이것 만 주고 갈 거야. 새엄마가 꼭 주랬어."

"얼른 가야혀?"

성민이가 어떻게 할지 내 눈치를 보며 물었다.

나는 문을 열고 물건을 받기만 하라고 눈짓했다.

그리고 성민이의 방에 숨어서 귀를 기울였다.

"이거 우리 새엄마가 준 거야. 아몬드쿠키와 빵이야."

경운이가 종이가방을 내밀며 말했다. 조금도 떨리지 않는 목소리였다.

'아몬드쿠키와 빵이라니? 성민이가 집에 데려다 줄 때 주면 되는데.'

의문이 생겼다.

"새엄마가 너하고 내일부터 학교에 같이 다니라고 했으니까 내일 아침 우리 집에 와."

"알았어."

"나 갈게."
문이 닫히는 소리가 들렸다.
"아-!"
나는 이마를 한 대 맞은 기분
이었다. 현관에 벗어놓은 내 운
동화가 눈에 쏙 들어왔다. 성민
이 할머니가 아침에 나갈 때, 반
듯하게 놓고 간 흙 묻은 운동화
였다.

놀라운 소식

다음날 나는 아침에 성민이가 깨워서 일어났다. 성민이는 할머니가 가게에 맡긴 잡곡 자루들을 시장 입구 좌판에 옮겨놓고 왔다고 했다.

나는 성민이에게 가짜 경운이네 집에 들를 거냐고 물었다.

성민이가 내 대답을 듣고 싶어하는 표정이었다.

"아침에 가짜 경운이네 집에 들르지 말고 가."

"그럼 의심할 텐디…."

성민이가 난처한 표정을 지었다.

"네가 들르지 않는다고 마녀가 의심하지 않아. 문제는 가짜 경운이가 내가 여기 있는지 물어보기라도 하면? 어제 내 신발을 봤다고 하면? 넌 거짓말을 할 줄 몰라서 금방 탄로 나고 말걸."

내 말에, 성민이가 수긍하는 눈빛이었다.

"그러니까 넌 학교에서 가짜 경운이를 만나면 핑계를 대란 말이야. 아침에 할머니 가게에 곡식 자루를 옮기느라 늦어서 경운이네 집에 들를 수 없었다고. 그리고 올 때는 할머니가 아프니까 도와주어야 한다고 말하고 마지막 시간 끝나면 먼저 나오란 말이야."

　"네 신발을 물으면?"

　"너도 내 신발과 똑같은 신발이 있다고 말하면 돼."

　나는 성민이가 가짜 경운이와 함께 집에 오는 걸 피해야 했다. 둘이 오면서 이야기를 나누다 보면 성민이가 착해서 얼렁뚱땅 둘러대지 못해서 상대방이 눈치챌 수 있기 때문이었다.

　"알았어."

　성민이가 그제야 수긍하는 표정을 지었다.

　나는 두 번이나 가짜 경운이와 이야기하지 말 것을 다짐받고서야 성민이를 학교에 보냈다. 성민이 방에 드러누웠다. 마음은 가짜 경운이가 성

민이에게 이것저것 물을 것을 생각하니 마음이 놓이지 않았다. 가짜 경운이는 마녀의 지시를 받았다. 내가 이곳에 있는지 성민이에게 꼬치꼬치 캐어 묻거나 에둘러 물을 게 뻔했다. 거짓말을 할 줄 모르는 성민이는 내가 여기에 있다는 사실을 은연중에 말할 게 뻔했다.

"아니지."

나는 벌떡 일어나 문을 바라봤다.

'성민이가 학교에 가서 집에 나 혼자 남은 줄 알고 마녀가 올지 몰라. 새엄마는 마녀니까 이동 마법찰흙으로 성민이의 방에 오는 건 식은 죽 먹기야. 어제 가짜 경운이가 거실과 내 신발을 보고 갔으니까.'

생각이 여기까지 이르자 마음이 급하고 불안해졌다.

'어디에 숨지?'

엄마는 고아원에서 자라서 친척이 없다. 내가 두 살 때 아빠가 나를 데리고 할머니 집에 간 적이 있었다. 기차를 타고 버스를 타고 한참을 가야 하는 섬이었다. 그리고 얼마 후에 할머니가 돌아가셨다.

할머니와 집이 있는 성민이가 부러웠다.

엄마가 준 붉은 눈 찰흙을 마녀한테 빼앗긴 게 분했다. 마귀가 엄마로 변신했을 거라는 걸 알았는데도 바보같이 속았다.

나는 벽에 기댄 채 깜빡 잠이 들었다. 성민이가 깨워서야 잠이 깼다.

"이상해! 이상해!"

성민이가 숨을 헐떡거리며 말했다.

"왜?"

"안 왔어! 안 왔어! 가짜 경운이가 학교에 안 왔어."

성민이의 뜻밖의 말을 듣고 나는 혼란스러웠다.

"아침에 네가 데리러 가지 않아서 학교에 나오지 않은 거 아냐?"

"아냐. 연희가 말했어. 어제 우리 집에 심부름 갔다가 집에 돌아오지 않았다고 새엄마가 걱정했대."

성민이가 자신이 잘못하여 벌어진 일처럼 걱정하는 표정이었다.

나는 알 수 없는 불길한 예감이 들었다.

가짜 경운이는 마녀의 아들이고, 어제 심부름으로 성민이네 집에 왔다가 집에 돌아가는 길을 잃을 리 없다. 우리 아파트에서 성민이네 집에 오는 길은 쉽다. 아파트에서 큰길을 나와 사거리에서 오른쪽 길로 쭉 걸어오다가 두번째 꺾어지는 길에서 걸어오면 성민이네 행운빌라가 보였다. 가짜 경운이가 집을 못 찾아갈 리가 없다. 그런데 왜 마녀는 가짜 경운이가 집에 오지 않았다고 거짓말을 했을까. 이번에도 마녀가 가짜 경운이를 어제 성민이네 집에 보냈던 것처럼 뭔가 치밀한 계획을 세울 거라는 생각을 지울 수가 없었다.

"가짜 경운이는 집에 숨겼을 거다."

나는 주저함 없이 말했다.

"아냐. 연희가 없다고 했단 말이야. 어제 집에 안 왔대."

성민이가 펄쩍 뛰었다.

"너는 너무 정직해서 몰라. 이건 마녀의 음모야. 두고 봐."

내 말에, 성민이의 눈빛이 '음모가 뭔데?' 하고 물었다.

41 함정에 빠지다

하루가 지났다.

저녁 5시 뉴스에서 '김경운 9살 남자아이 실종'라는 여자 아나운서의 말과 함께 자막이 나왔다. 아나운서가 인상착의와 함께 애완 구렁이한 마리를 가지고 있다는 말도 덧붙였다.

'이상한데? 그저께 가짜 경운이가 내 신발을 봤다면 성민이네 집에내가 있다는 걸 알 텐데? 왜 실종신고를 했을까? 성민이가 굴에서 나왔다면 나도 나왔다는 걸 마녀는 알고 있을 텐데….'

나는 마녀의 다음 계획이 궁금했다. 내겐 갈 곳이나 숨을 만한 곳이 없었다.

"너희 할머니가 나 여기 있다고 말하면 안 되는데…."

성민이가 내 말이 떨어지자마자 방을 뛰쳐나갔다.

쾅쾅쾅!

"계십니까?"

성민이가 밖에 나간 지 10분도 채 안 됐는데 낯선 아저씨가 현관문을 두드렸다.

내 몸은 얼어붙었다.

내가 성민이네 집에 있을 것 같다고 마녀가 신고한 게 분명했다.

'그렇다면?'

마녀의 계획이라는 걸 깨닫자 소름이 끼쳤다.

"계십니까?"

나는 숨을 만한 곳을 찾아보았다. 작은 창문이 하나 있는데 도둑이 들까 봐 굵은 쇠막대로 막았다. 숨을 곳이라고는 어릴 때 즐겨 숨었던 옷장이나 화장실 그리고 이불 외에는 없었다. 구렁이는 불안한 듯 혀만 날름거렸다.

나는 성민이가 올 때까지 기다리기로 했다. 성민이가 자기 집에 아무도 없다고 말하면 되었다. 그쯤은 성민이도 잘하리라 믿었다.

아저씨가 문을 두 차례나 두드렸다. 마치 쾅쾅! 소리가 '경운이 네가 여기 있다는 걸 다 알고 왔단다. 문을 열어라' 라는 말소리 같았다.

나는 문을 열어주지 않았다. 나중에 왜 문을 열어주지 않았느냐고 물으면 우리 집이 아니라서 열어주지 않았다고 핑계 대면 되었다.

이번에 붙들리면 마녀가 나와 내 동생 구렁이를 가만두지 않을 거라는 생각이 분명해졌다.

문을 두드리는 소리는 멎었다. 경찰 아저씨들은 밖을 지킬 것이다. 영화에서 보면 범인을 잡으려고 경찰 아저씨들이 차 안에 있거나 허름한 옷을 입고 장사꾼으로 위장하고 숨어서 범인을 잡는 걸 보았다.

문득 '내가 진짜 경운이고, 찾는 아이가 가짜 경운이라고 경찰 아저씨한테 사실대로 말하면 되겠다!' 라는 생각이 번득였다. 그리고 집에는 마녀가 둔갑한 가짜 엄마와 아빠라고, 그리고 마녀인 새엄마가 내 동생 경희를 구렁이로 만들었다고 증거로 구렁이를 보여주면 되었다.

갑자기 흥분되면서 구렁이가 있는 상자를 들고 밖으로 뛰쳐나가는 데는 3초도 걸리지 않았다.

입구에는 경찰 아저씨 둘이 이야기하고 있었다.

나는 방금 떠올랐던 이야기들을 흥분한 목소리로 말했다.

집에는 마녀가 둔갑한 새엄마이고, 아빠도 경운이도 동생 경희까지 마귀가 변한 가짜라고 말했다. 그리고 상자 속에 있는 구렁이를 보여주면서 마녀가 내 동생 경희를 구렁이로 만들었다고 말할 때는 목이 잠겨서 몇 번이나 캑캑거렸다. 하지만 경찰 아저씨는 집에 가면 알게 될 거라면서 경찰차에 나를 태웠다.

왠지 내 생각이 잘못됐다는 불길한 예감이 들었다. 그래서 나는 다시 한 번 경찰 아저씨에게 우리 집에 있는 가족이 가짜임을, 내 동생 경희가 마녀의 저주를 받아서 구렁이가 됐다는 걸 간절하게 호소했다. 경찰 아저씨들이 알겠다고 건성으로 대답했다.

나는 마녀의 계획에 걸려들었다는 걸 알았다.

"우리 아들! 우리 아들!"

마녀가 나를 보자마자 기쁨의 눈물을 흘리며 코맹맹이 소리로 반겼다. 아빠와 똑같이 생긴 가짜 아빠도 경찰 아저씨에게 나를 찾아주어서 고맙다고 연신 고개를 꾸벅였다. 새엄마와 아빠의 연기에 처음에는 기가 막혀서 말이 나오지 않았다. 완전 똑같았다. 혀도 뱀의 혀가 아니었다.

경찰 아저씨가 어서 들어가라고 현관 안으로 나를 떠밀었다.

나는 정신이 번뜩 들었다.

"내가 말했잖아요! 우리 엄마, 아빠 아니라고요! 모두 가짜라고요!"

나는 억울해서 뚱뚱한 경찰 아저씨의 팔에 매달려 소리쳤다.

마녀가 "내가 야단쳐서 미안해! 틀린 낱말 백 번 쓰라고 하지 않을게!"라고 말하면서 눈물을 뚝뚝 흘리는 연기까지 했다. 하지만 경찰 아저씨가 보지 않을 때는 '흥! 네가 아무리 그래 봐야 경찰 아저씨가 네 말을 믿을 것 같으냐. 좋은 말 할 때, 들어오는 게 좋아!'라고 으름장을 놓았다.

"죄송합니다. 우리 집사람이 아이가 학교에서 받아쓰기 점수가 형편없어서 틀린 낱말 백 번 쓰라고 하니까, 집사람을 마녀 같다고 말하는 겁니다. 그러니 앞으로 백 번 쓰라고 강요하지 않겠습니다."

가짜 아빠가 들어가지 않으려는 내 팔을 현관 안으로 당기면서 말했다. 가짜 아빠의 손가락 힘은 위협을 느낄만큼 셌다. 진짜 아빠처럼 머리도 부스스하고 수염도 일주일은 깎지 않았다.

내 몸이 거실에 들어서는 순간 온몸에서 힘이 쭉 빠졌다. 마녀가 마법을 부렸다.

"우리 딸아이도 4살 때 그런 적 있습니다. 내가 경찰이다 보니 일주일에 두세 번 들어갈 때도 많았습니다. 그것도 밤에 들어갔다가 아침 일찍 나와 근무 할 때입니다. 그 날 낮에 잠깐 집에 들렀는데 딸아이가 '아저씨'라고 부르지 않습니까. 전 어찌나 놀랐는지 한동안 멍했습니다. 그때 내가 딸아이한테 관심이 적었다는 걸 깨달았습니다."

뚱뚱한 경찰 아저씨가 가짜 아빠의 말에 맞장구쳤다.

"앞으로 아이한테 숙제만 하라고 해야겠네용."

가짜 엄마가 애교로 경찰 아저씨의 의심을 얼음 녹이듯이 녹였다.

나는 눈앞이 캄캄했다.

내가 성민이를 기다리지 않고 판단한 걸 깊이 후회했다. 엄마가 나의 단점을 지적했다. 내가 조금 성격이 급하다고, 좀 깊이 생각하는 게 부족하다고 그때는 건성으로 들었다. 하지만 위험이 닥쳤을 때, 경험 많은 어른들의 말을 대수롭지 않게 생각했다가 큰 실수 한다는 걸 이번에 절실히 느꼈다.

　"알겠습니다. 참, 여기 애완 구렁이도 있습니다."

　뚱뚱한 경찰 아저씨가 깜빡했다는 듯이 상자를 가짜 아빠에게 주었다.

　"아이들은 구렁이를 무서워하는 데 댁의 아이는 구렁이를 좋아하는 걸 보니 좀 별난 아이 같습니다."

　"맞습니다. 우리 아이는 좀 특별합니다. 구렁이를 동생이라고 하지 않나."

　가짜 아빠가 웃으며 대답했다.

　"꼬마야. 잘 있어!"

　경찰 아저씨가 가짜 엄마와 아빠 사이로 내게 손을 흔들며 사라졌다. 미소도 지었다.

　나는 체념했다.

마녀의 또 다른 계획

문이 굳게 닫혔다.

마치 영원히 빠져나올 수 없는 감옥에 갇힌 기분이었다. 마법이 풀린 내 몸은 자리에 털썩 주저앉았다.

"굴에서 용케 빠져나왔구나!"

마녀가 새우 눈으로 나를 보며 말했다. 마치 '이제 도망치지 못해서 어떻게 하니'라고 비웃는 것 같기도 했다.

내 방에서 유나와 나를 닮은 가짜 경운이가 차례로 나왔다. 가짜 경운이는 성민이 말대로 귀밑에 점까지 똑같았다. 녀석이 자신과 닮아서 기분이 나쁘다고 한마디 했다.

"살려 주세요!"

나는 마녀에게 두 손으로 빌면서 애원했다.

"흥! 입은 살아서…"라고 조금 전 내가 행동했던 일들 때문인지 마녀가 쌀쌀맞게 대했다.

"봐요. 내가 파 놓은 함정에 녀석이 걸려든다고 했지요?"

마녀가 말하자, 가짜 아빠가 고개를 끄덕이며 인정했다.

"그렇지만 나도 도운 게 많지. 경찰에 신고하러 간 것도 나고, 조금 전 바람 잡은 것도 나잖아."

가짜 아빠가 목에 힘주며 말했다.

"나도 있어요. 성민이가 학교에 나온 것도 내가 알렸고, 성민이네 집에 쿠키를 들고 갔다가 경운이 신발을 보고 말한 것도 나예요. 만약 내가

심부름을 가지 않았다면, 성민이가 학교에 나온 걸 알리지 않았다면 엄마도 아빠도 경운이가 굴에서 나왔다는 걸 몰랐을 거예요."

가짜 경운이가 말하는 게 나보다 훨씬 똑똑했다.

"그만! 그만."

마녀가 오른팔을 내져으며 소리쳤다.

"맞아. 아빠 말도 네 말도 모두 인정해. 하지만 내 말 잘 들어. 아빠는 정보가 있을 때마다 정보를 줄 테니 먹는 타령만 했어. 통닭에다 맥주를 사달라고, 넌 학교에서 성민이를 봤다고, 그리고 성민이네 집에서는 경운이 신발을 봤다고 보상으로 아이스크림 사달라고 했지. 내 말 맞지?"

"네."

가짜 경운이의 목소리가 한풀 꺾였다. 가짜 아빠도 뒤가 켕기는지 큼큼! 헛기침만 했다.

"문제는 둘은 그런 좋은 정보를 그냥 시시한 정보라고 먹을 것 타령만 했잖아. 하지만 나는 그 좋은 정보를 들었을 때 무릎을 딱 쳤지. 성민이가 굴에서 빠져나왔다면 경운이도 나왔을 것이다. 그럼 우리는 그동안 노력한 일이 물거품이 되고, 위기에 빠질지도 모른다. 우리가 안전하기 위해서 경운이를 데려와야 한다. 그래서 계획이 필요하다. 이런 말을 하는 사람은 아무도 없었잖아?"

마녀의 말에 둘은 대꾸할 말이 없는지 시선을 다른 데로 돌렸다.

"아몬드쿠키를 만들어서 너를 성민이네 집에 심부름을 보낸 것도 나였고, 그리고 경운이가 실종되었다고 신고를 하자고 말한 것도 나였고,…."

마녀가 열변을 토했다.

"좋아. 그럼 당신 마음대로 하구려."

가짜 아빠는 두 손 들었다는 듯이 말하고 주방으로 갔다.

"두고 봐요. 다음에는 내가 파 놓은 함정에 더 큰 게 걸릴 거예요!"

마녀가 가짜 아빠 등 뒤에다 소리쳤다.

"뭔데?"

"저렇게 눈치 짱일까?"

마녀가 비꼬았다.

"기다려 봐. 아주 반가운 소식이 올 거야."

마녀가 바닐라향을 풍기며 내게 다가와 음흉한 미소를 지었다.

나는 성민이를 기다리지 않고 결정을 내린 걸 깊이 후회했다.

지옥이나 다름없어

"아이쿠! 깜빡했구나. 귀한 손님이 있다는 걸!"

마녀가 호들갑을 떨면서 내 방에 들어와 말했다. 오른손에는 목젖이 나온 남자아이 찰흙인형이 있었다. 내가 만든 것보다 서툴지만 눈, 코가 닮은 나였다.

"두려워하지 마라. 우린 널 조금도 해치지 않을 거야. 네가 말 잘 듣고 얌전히 있어만 준다면 말이야."

마녀가 말했다.

나는 무릎을 꿇고 빌지 않았다. 마녀의 계획은 우리 집에 가짜 가족이 사는 것이다. 그리고 나를 붙잡은 것은 기를 뺏기 위해서다. 내 머릿속은 분하다는 생각으로 가득 찼다.

"둘을 꽁꽁 묶어서 멀리 떨어져 있었는데 귀신도 아니고 어떻게 풀고 도망쳐 나왔지? 어린애라고 얕보았다가는 큰 실수를 할 뻔했구나."

마녀의 말이 내 대답을 들으려는 것보다 약 올리는 게 목적이라는 걸 느꼈다.

"…"

"아주 착하네. 이제 우리 집에서 공기처럼 보이지 않게 지내야 한다는 걸 안 모양이네!"

"…"

"네 동생도 잘 있고."

마녀는 내 속을 부글부글 끓게 하는데 재주가 있었다.

가짜 아빠가 문에다 자물쇠를 달고 잠갔다.

나는 이곳을 빠져나갈 수 없다는 게 억울했다. 그리고 성민이에게 가짜 경운이하고 학교에 함께 다니지마라고 당부한 게 날 궁지에 빠뜨린 또 하나의 큰 실수였다는 걸 알고 후회했다.

밤이 되자, 밖은 잠잠했다.

'잘 자.'

나는 구렁이에게 눈인사하고 누웠다.

굴에서 봤던 엄마가 지금 겪고 있는 모습이라고 홍홍 할머니가 밀했다. 마법찰흙으로 만든 인형은 지금 모습이 조금이라도 닮아야 마법이 이뤄진다고 했다.

'엄마! 엄마 보고 싶어!'

눈물이 하염없이 나왔다. 엄마는 아빠와 내가 구하러 오길 애타게 기다리고 있다는 생각에,

'엄마!'

텔레비전에서 봤던 거미 인간과 슈퍼맨이 되어 마녀를 혼내는 상상을 했다.

엄마는 새벽 6시가 되면 빌딩 청소를 마치고 집에 돌아왔다. 아빠가 새벽에 일하러 가는 날이면 엄마는 자지 않고 아침밥을 준비했다. 아빠가 일이 없는 날이면 그대로 안방에 쓰러져 잤다. 그리고 10시가 다 되어서야 일어나서 우리와 함께 아침을 먹고 나와 내 동생을 데리고 분식집으로 일하러 갔다.

이런 일이 있을 거라는 걸 예견이라도 하듯이 경희는 태어나면서 엄마에게서 떨어지지 않으려고 했다. 그래서 엄마는 경희를 유모차에 태우고 다니면서 일했다.

아침에 가짜 경운이네 가족들이 떠드는 소리에 잠이 깼다. 모두 들뜬 목소리였다.

가짜 아빠가 서둘지 말고 성적을 조금씩 올리라고 당부하는 소리가 들렸다. 그리고 가짜 경운이가 그 말을 열 번째 들었다는 핀잔도 들렸다. 모두 나 들으라는 소리 같아서 화가 났다.

연희가 현관문을 두드리며 가짜 경운이를 불렀다. 성민이의 말대로 경운이가 연희와 함께 다닌다는 말이 거짓이 아니었다.

나는 절망감을 느꼈다.

"들어와용! 연희 공주니임!"

마녀가 코맹맹이 소리로 반겼다. 가짜 경희도 "언니, 언니!"라고 부르는 소리가 들렸다.

성민이가 오면 문을 두드려서라도 내가 여기 갇혀 있다는 것을 알리려고 했다. 그런데 내 몸이 묽은 찰흙처럼 방바닥에 무너져 내렸다. 생각만 자유로울 뿐 손가락 하나 움직일 수 없었다. 마녀의 짓이었다.

"우리 경운이가 학교에서 말을 잘 듣는강?"

"네. 어제 받아쓰기 시험도 40점이나 받았어요."

연희의 밝은 목소리였다. 나하고 다닐 때는 그러지 않았다. 아침에 우리 집 올 때마다 "어제 선생님이 받아쓰기 낱말 공부했어?", "수학 문제 풀었어?" 마녀 앞에서 물었다.

"연희 공주가 도와주어서 경운이가 공부를 잘한당."

"아니에요. 경운이도 이제 잘해요."

"머지않아 경운이도 연희 공주처럼 백 점 받을 거예용. 그렇지잉!"

"네, 엄마."

가짜 경운이의 목소리가 자신감 넘쳤다.

그제야 아침에 가짜 아빠가 가짜 경운이에게 당부한 말의 내용을 이해했다. 점수를 조금씩 올리라는 말.

나는 더는 희망이 보이지 않는다는 걸 알았다.

밖이 조용해지자, 내 몸은 마법에서 풀렸다.

"인간은 햇볕을 쬐어야 한다지."

나는 마녀가 시키는 대로 베란다에 나가서 햇볕을 쬐었다. 창밖으로 가짜 경운이와 연희가 다정하게 학교에 가는 모습을 봤다. 마녀는 내가 화가 부글부글 끓어서 아프기를 바라고 있다.

누가 오면 소리 지르지 않기, 방에서 나오지 말 것, 낮에는 안방과 거실 부엌 그리고 내 방 청소 깨끗이 할 것, 화장실에 갈 때는 노크할 것, 단 누가 올 때는 참았다가 노크할 것 등.

마녀가 주의사항이라고 말했다. 그리고 우유와 빵을 쟁반에 담아서 가져왔다.

"내 동생은,"

"걱정하지 마. 구렁이는 3개월을 먹지 않아도 살아."

마녀가 쌀쌀하게 말했다.

점심때가 되자, 전화벨이 울렸다.

"선생니임, 안녕하세요용!"

마녀가 날 들으라고 큰 목소리로 전화를 받았다.

"경운이가 잘 한다고요옹!⋯선생님이 많이 보살펴 주셔서 잘 하지요용. 감사합니다용.⋯네엥, 지도 잘 부탁드립니다요용! 네엥? 오늘은 경운이가 수학을 60점이나 받았다고요용!"

마녀의 과장된 목소리가 내 속을 뒤집어 놓았다.

가짜 경운이는 마귀니까 계획적으로 10점씩 올릴 것이다. 마녀의 딸 유나를 보면 안다. 유나는 아직 초등학교에 다니지 않았는데 4학년 수학도 풀었다.

나는 굴에 갇힌 엄마가 절망에 빠진 채 죽어가는 걸 내버려 두는 게 가슴이 미어졌다. 그리고 흥흥 할머니도 성민이도 나를 걱정하지 않는지 오지 않았다. 눈물이 났다.

마녀가 날 살려두는 건 내 몸속에 든 기를 먹기 위해서다. 다섯 개의 돌멩이도 마녀의 비밀이 밝혀지는 순간 지금까지 아무 말도 하지 않았다. 연희네 가족도 가짜 경운이네 가족을 진짜 가족으로 믿으니까 아무 말이 없다. 하루하루가 지나갈수록 나는 내 방을 빠져나갈 궁리가 하나씩 줄어드는 일이 생겼다. 지금 당장 밖에 나간다 해도 누가 나를 믿어줄 사람이 없다는 사실이 속이 꽉 막힌 것처럼 답답했다.

　날마다 엄마를 원망하고, 아빠를 원망하고, 성민이가 찾아오지 않아서 원망하는 일로 보냈다. 자리에 눕는 일도 많아지면서 살도 쪘다. 내가 갇힌 걸 성민이가 홍홍 할머니에게 말해주길 바라는 일과 헤헤헤 웃는 웃음을 보는 게 나에게 마지막 희망이었다. 그 희망도 이제 끝났다는 생각이 들었다.

　'미안해!'

　내가 유일하게 이야기를 나눌 수 있는 구렁이였다. 구렁이가 혀를 널름거렸다. 나보고 낙담하지 마라는 건지, 아니면 기운을 내라는 건지, 구렁이의 두 눈에 눈물이 괴었다.

연희의 대활약

전에는 머리가 베개에 닿으면 잠이 들었는데, 붙들리고 난 후부터 눈을 감고 자려고 노력해도 잠이 들지 않았다. 감기지 않는 눈을 스무 번, 서른 번 어쩌면 백 번 감아야만 잠이 들었다. 그것도 얕은 잠이었다. 문밖에서 조용히 걷는 마녀의 발소리에도 잠이 깼다. 가짜 아빠가 가짜 경운이를 부르는 소리에도 대답할 뻔했다. 경운이가 "엄마!"라고 마녀를 부르면 굴에 갇혔던 엄마의 모습이 생각나 괴로웠다.

'자야 해. 자야 해.'

오늘도 눈을 감고 내 몸에 주문을 걸었다. 낮 동안 자서인지 한밤중인데도 정신은 멀뚱멀뚱했다.

그때 창밖에 뭔가 줄에 대롱대롱 매달려서 내려오고 있었다. 거미줄에 매달린 커다란 거미 같았다.

'뭐지?'

나는 천천히 창문을 열고 줄이 내려오는 위를 보았다. 연희가 검지를 입술에 대고 환하게 웃고 있었다.

너무나 반가워서 소리를 지를 뻔했다. 연희가 검지로 입술에 대지 않
았다면.

"고마워!"

입을 달싹거리며 손을 흔들었다.

"잘 있었어?"

연희가 입만 벙긋거려서 말했다.

나는 고개를 끄덕였다.

조그만 상자에는 요술찰흙과 편지가 있었다.

다시 한 번 고맙다고 손을 흔들고 창문을 닫았다.

'경문아 읽어 봐

네가 갇혀 있다는 걸 성민이한테 들었어.

처음에는 성민이가 거짓말하는 줄 알고 내가 거짓말하지 말라고 화냈어. 그랬더니 성민이가 막 울더라. 너의 새엄마가 마녀라고 하잖아. 그리고 마녀가 너를 데려다가 네 방에 가뒀을 거라고 하잖아. 네 방에 네가 있으니 확인해보라는 거야. 오늘 아침에 네 방문이 잠긴 걸 봤어. 전에는 잠근 걸 못 봤거든.

그래서 생각해 낸 게 쪽지를 내려보낸 거야.

그리고 너도 나 알잖아. 나는 마귀나 마녀가 있다는 거 믿지 않잖아. 네가 새엄마가 마녀라고 말했을 때도 나는 믿지 않았어. 네가 새엄마를 싫어해서 마녀라고 부른다고 생각했어.

요즘 너 말고 경문이가 갑자기 공부를 잘 하는 게 이상했어. 그리고 넌 내가 아침에 들를 때 왜 소리치지 않았어? 자물쇠로 문이 잠겨 있어도 문을 두드리고 소리는 칠 수 있잖아.

그리고 궁금한 게 또 있어. 네 동생이 구렁이가 된 게 맞아?

네 동생 경희가 구렁이가 됐는데 어떻게 유치원에 다녀? 한 가지 이상한 점이 있었어. 옛날에는 네 동생이 말도 안 했는데 지금은 날 보면 "언니"라고 부르는 거야. 갑자기 네 동생이 달라진 게 이상했어. 그리고 성민이가 널 주라고 찰흙 하나 줬어.

그리고 너 받아쓰기 때문에 많이 화났지. 자꾸 보여주면 공부 안 한다고 우리 엄마가 그랬어. 혼자 힘으로 공부해야 한다고 말했어. 그때 일은 미안해.

연희가 씀'

추신 : 10분 후에 내가 실을 내려보낼 테니 답장 써서 보내 줘.

눈물이 글썽거렸다. 성민이가 구하러 오지 않는다고 원망했는데, 나를 잊지 않고 홍홍 할머니를 만나서 찰흙도 구해오고, 연희에게 도움을 청

하고, 성민이는 진짜 고마운 친구였다. 원망했던 게 미안했다. 마음속으로 '성민아! 고마워!'를 수없이 외쳤다.

'연희에게
고마워.
나를 미더주어서 고마워
그리고 찰흙 보내 주어서 고마워
나도 하고 시픈 말 써서 줄에 무꺼보낼게.
그리고 동생이 그렁이 된 거 마자. 마법찰흙도 잇꼬. 경운이도 가짜고, 경희도 가짜고 아빠도 가짜야.
다 가짜야.
경운이하고 가치 다녀도 괜차나.
진짜 진짜 고마워
그리고 성민이한테 고맙다고 말해줘. 꼭 말해줘
경운이 솜

나는 편지를 써서 줄에 묶었다.

연희가 줄을 당기면서 환하게 웃었다. 역시 내 여자 친구는 보름달처럼 예뻤다.

이불을 뒤집어쓰고 상자에서 찰흙을 꺼냈다. 찰흙으로 홍홍 할머니를 만드는 건 눈 감고도 만들었다. 주먹만 한 얼굴에 주름이 스무 개, 헝클어진 머리카락, 여자아이 눈처럼 빤짝이는 눈과 입술. 나는 찰흙 인형을 들고 심장을 문지르면서 홍홍 할머니가 나타나게 해달라고 기도했다.

"반갑당."

"조용히 하세요."

나는 다급히 입술에 검지를 대며 말했다.

"들리지 않앙. 내가 고함을 쳐도 못 들을 겅."

이번에는 홍홍 할머니가 방을 둘러보며 큰소리로 말했다.

"내가 방에다 거품찰흙으로 유리처럼 투명한 막 하나를 씌웠징. 걱정 말앙."

"...?"

"마녀가 밥도 주고 옷도 주니까 지낼만하징?"

홍홍 할머니가 짓궂게 웃으며 물었다.

"절 여기서 나가게 해 주세요. 이동 마법으로요."

"여길 나가면 너는 갈 데가 없당. 그러니 끼니마다 밥 주고 잠 재워 주고, 가끔 맛있는 쿠키도 만들어주고, 마녀가 널 지켜주는 여기가 더 안 전하당."

"싫어요. 지옥 같아요."

"아무도 너의 말을 믿지 않는당. 그러니 넌 여기 있어야 한당. 넌 초록 도령과 붉은 도령을 봤기 때문에 널 도와주면 마녀가 너의 가족을 가만두지 않을 거양. 일이 더 복잡하게 된당. 그래서 당분간 너는 여기 있어야한당."

"그럼 언제 도와줄 거예요?"

"마녀가 빼앗아간 붉은 눈 찰흙을 찾으면 당장 널 구해줄 수 있당. 그것만 있으면 마녀쯤은 네가 없앨 수 있엉. 집 안 어딘가에 숨겨두었을 거양."

"마녀가 방에서 나가지 못하게 하고 감시하는데요."

"연희에게 도와달라고 말했낭?"

나는 고개를 저었다.

"이제 연희도 새엄마와 경운이가 가짜라는 걸 알아요. 성민이가 말했어요."

"듣던 중 최고로 반가운 소리구낭. 그렇다면 너는 기회를 엿보았다가 여기를 빠져나와 연희네 집으로 가면 된당. 아무리 마녀라도 남의 집을 함부로 침입할 수 없당."

"하지만…,"

"지킴이 할아버지를 만나랑."

"지킴이 할아버지를 어떻게 만나요?"

나는 방에 갇혀 있어서 만날 수 없다는 걸. 그리고 지킴이 할아버지는 나를 "여우 자식"이라고 놀려서 싫다고 말했다.

"연희가 도와줄 거랑."

연희가 어떻게 나를 도와줄 거냐고 묻기도 전에, 홍홍 할머니가 서둘러 한 뼘 찰흙인형으로 변했다.

그때 문이 쾅! 소리를 내며 열렸다.

"누가 왔나?"

나는 고개를 저었다.

"방금 무슨 소리를 들은 것 같은데…?"

마녀는 고개를 갸우뚱하며 방안을 구석구석 살폈다. 이불도 들춰보았다.

나는 안도의 한숨을 내쉬었다.

아빠가 왔다

나는 오늘따라 연희의 편지를 애타게 기다려졌다. 창문을 바라보며 속으로 백까지 세 차례나 세고 네 번째 세는 중이다.

…일흔일곱, 일흔여덟, 일흔–,

거미가 줄을 타고 내려오듯 털실에 묶인 쪽지가 내려왔다. 나는 어찌나 반가웠던지 창문을 세게 열었다. 연희가 화를 냈다. 그제야 내가 뭘 잘못했는지 알았다.

귀를 기울였다.

마녀가 다가오는 발소리는 들리지 않았다. 앞으로 조심하겠다고 말하고 쪽지를 받았다.

이번 쪽지에는 첫 줄에 기쁜 소식이라고 적혀 있었다.

다음 주 화요일에 가짜 경운이의 생일이라고 씌어 있었다. 초대한 아이는 반장 명식이와 성민이 그리고 연희라고 했다. 나쁜 소식은 가짜 경운이가 내 생일을 빼앗아서 기분 나쁘다고 했다. 언젠가는 나를 꼭 구하겠다고 썼다.

편지 마지막 부분에다 이렇게 썼다. 경운이도 생일에 함께 있었으면 좋겠다고 했다.

나는 내 생일을 가짜 경운이가 가로채서 화가 났고, 선물을 받지 못해서 억울했다. 생일이면 연희와 엄마, 분식집 아줌마가 선물로 칼라 고무 찰흙을 주었다.

나는 편지를 썼다.

나를 구해주겠다는 뜻은 고맙지만 생일에 초대는 싫다고 했다. 내가 이곳에서 나가면 갈 곳도 없을 뿐만 아니라 나를 돕다가 마녀의 의심을 사는 걸 원하지 않는다고 썼다.

다음 날 아침부터 마녀가 자주 문을 열고 내 방을 들여다봤다. 한번은 창문도 열고 밖을 내다봤다.

연희와 편지를 나눈 걸 눈치챘는지, 하지 않던 공부를 열심히 하니까 의심이 드는 건지, 시키는 대로 일을 묵묵히 하니까 이상한 건지, 평소보다 편안한 내 표정을 수상쩍은 눈으로 봤다.

차라리 야단이라도 친다면 이유를 알 수 있었을 텐데 아무 말 하지 않으니까 신경이 더 쓰였다.

다음 날 아침에야 그 이유를 알았다.

쾅쾅쾅!

"경운아!"

나를 부르는 아빠의 우렁우렁한 목소리였다.

몸이 굳고 심장이 멎는 것 같았다. 힘이 빠져나가고 입에서 거친 숨소리만 새어 나왔다. 마녀가 나를 꼼짝 못하게 내 몸에 마법을 썼다.

방문이 열리는 소리, 새엄마가 쿵쿵 소리를 내며 현관으로 달려가는 소리, 현관문이 열리는 소리가 들렸다.

"당신 누구야?"

아빠가 가짜 아빠를 보고 놀라서 외친 목소리였다.

'아빠! 가짜 아빠에요!'

나는 소리쳤다. 문도 두드리려고 애썼다. 하지만 내 목소리는 마녀의 마법 때문에 목구멍에서 나오지 않았다. 손도 커다란 쇠뭉치처럼 무거워서 들 수가 없었다.

거실에서 소동이 벌어졌다.

아빠와 가짜 아빠가 서로 이 집 주인이라고 한바탕 몸싸움을 벌이는 소리였다. 진짜 아빠가 가짜 아빠로 되고 집주인이 되었다. 거짓말같이 거지와 왕자 이야기처럼 순서가 바뀌었다.

아빠도 나처럼 마녀가 마법을 걸었는지 조용했다.

"호호호!"

마녀가 내 방문을 열더니 기분 나쁘게 웃었다. 이제 아빠까지 꼼짝 못하게 가두었으니 기분 좋은 표정이었다.

꼼짝할 수 없었던 내 몸이 움직였다.

"경운아. 네 아빠도 너처럼 방에 갇힌 신세가 되었구나. 이제 널 구할 사람이 없어. 엄마는 깊은 굴에 갇혔는지 오지 않지. 경찰 아저씨도 네 말을 안 믿지. 연희도 이제 네가 가짜 경운이라고 믿을 거야. 내가 그렇게 말할 거란다. 호호호!"

마녀가 약을 올렸다.

마녀는 밤마다 연희와 편지를 주고받는 걸 모르고 있었다.

나는 일부러 고집스럽게 입을 꽉 다물고 노려보았다. 연희와 쪽지를 주고받는다고 여유를 부리지 않았다. 자칫하면 "왜 여유가 있지?" 하고 의심하면 연희와 편지를 주고받는 걸 눈치챌 수도 있었다.

"아빠가 온 게 궁금하지도 않니?"

"…."

나는 소식도 없던 아빠가 갑자기 나타난 이유가 궁금했다. 하지만 마녀가 약을 올리러 왔는데 대답하면 나만 손해다. 나는 억울한 척 입을 꽉 다물었다. 마녀의 다음 계획이 두려워졌다.

"그래, 아주 잘 생각했다. 우리 집에서 살아가려면 궁금한 게 있어도 묻지 않는 게 좋을 거야!"

마녀가 쌀쌀맞게 말하고 나가면서 방문을 쾅 소리 나게 닫았다.

'뭐지?'

마녀가 중요한 이야기이니까 내게 말하려고 왔을 것이다. 그런데 내가 궁금해하지도 않으니까 화가 나서 가버렸다.

하지만 나는 밤마다 연희와 쪽지를 주고받는 걸 들키지 않아서 기뻤다. 마녀는 내 눈빛만 보고도 내 마음속에 감춘 비밀도 알아냈다.

아빠가 붙들린 건 화가 났다. 내가 마녀라고 몇 번이나 말했는데, 아빠가 믿지 않았다. 오히려 너를 돌봐주려고 온 새엄마를 마녀라고 부르는 건 옳지 않다고 꾸짖었다. 그래서 난 아빠가 벌을 받아도 충분하다고 생각했다. 아빠는 우리를 어깨에 무등 한번 태우거나 뒹굴며 놀아준 적이 없었다. 일하고 오면 엄마한테 "밥 줘." 라는 말이 전부였고, 아침이면 밥을 먹고 고맙다는 말 한마디 없이 나갔다. 엄마는 아빠가 따뜻한 말 한마디 못한다고 말은 하지 않았지만 표정을 보면 알 수 있었다. 아빠는 술만 먹으면 말이 많았다. 그것도 엄마를 미워하는 말이나 비난하는 말도 섞였고, 엄마는 조용히 들어주었다. 그중 "당신은 나를 좋아했지만 난 당신을 좋아하지 않았어." 라고 엄마를 미워하는 말은 수없이 들었다.

엄마 말이 옳았다. 사람은 겪어 봐야 상대방을 알고 후회한다고.

가짜 경운이의 생일

나는 눈을 뜨자마자 내 생일이라는 걸 먼저 알았다. 그래서 연희가 날 구하려고 한다면 거절할 생각이었다.

오후 3시가 되자, 가짜 경운이가 친구들을 데리고 왔는지 밖에는 떠들썩했다. 가짜 경운이가 학교에서 공부를 잘 한다는 이야기가 가장 많았다. 오늘은 가짜 경운이가 받아쓰기 70점을 받았다고 했다.

명식이의 예의 바른 목소리를 듣자, 내가 과연 아무렇지도 않은 눈으로 명식이를 볼 수 있을까 생각했다. 그동안 나는 명식이와 연희가 좋아하는 모습을 볼 때마다 속으로 미워하고 원망을 퍼부었다.

나는 문에 다가가려고 일어서다가 퍽 쓰러졌다.

쿠탕탕!

생일잔치가 한참 진행하고 있을 때, 현관문을 발로 거칠게 차는 소리가 났다.

"문 열어라!"

홍홍 할머니의 목소리였다.

"언니!"

현관문이 열리는 소리가 들리고, 마녀가 놀란 목소리로 홍홍 할머니를 언니라고 불렀다.

'그렇담 홍홍 할머니와 마녀는 잘 아는 사이인가?'

나는 귀를 쫑긋 세우고 들었다.

"희자야. 재미가 솔솔 하나보구나. 살이 피둥피둥하게 찐 것 보니!"

'마녀가 희자라니?' 나는 처음 듣는 이름이었다.

"언니 여긴?"

"홍홍홍! 네가 마법찰흙을 훔쳤지?"

"언니, 전 억울해요."

'뭐야? 마녀가 마법찰흙을 훔친 범인이라니. 그럼 우리 엄마가 훔치지 않았다는 건데 어떻게 엄마 손에 있는 거지?' 내 머릿속은 혼란스러웠다.

"친구를 혼내주려고 했을 뿐이에요. 가져다 놓으려고 했는데 친구가 훔쳐갔다고요!"

"네가 찰흙으로 온갖 만행을 저지를까 봐 네 친구가 보관한 거겠지."

"날 나쁜 사람으로 몰지 말아요! 내가 나쁜 사람이었다면 애들을 가만두지 않았을 거예요!"

마녀가 항의했다.

내 예측이 옳았다. 엄마가 찰흙을 훔친 건 마녀가 찰흙으로 나쁜 일을 저지를까 봐 훔쳤다는 사실. 엄마는 살면서 남을 악하게 하지 않았다고 입버릇처럼 말했다.

"내가 그 속을 모를 줄 알고!"

"언니!"

"친구는 어디에 숨겼느냐?"

"전 몰라요!"

"붉은 눈 찰흙을 당장 내놔라!"

"싫어요!"

"말로 해서는 안 되겠구나!"

홍홍 할머니가 소리쳤다.

나는 곰곰이 생각했다.

홍홍 할머니가 내게 지킴이 할아버지를 만나라는 이유를 어렴풋이 알 것 같았다. 이번 일은 엄마와 마녀 사이의 일을 알아야 궁금증이 풀릴 것 같았다. 그 일이라면 지킴이 할아버지가 알맞았다. 지킴이 할아버지는 나만 보면 새엄마와 아빠는 잘 지내는지, 그리고 엄마는 돌아오지 않았는지 꼬치꼬치 물었다. 나는 그동안 엄마와 아빠 그리고 새엄마에 대해서 입에 오르내리는 게 싫어서 지킴이 할아버지를 멀리했다.

싸우는 소리와 가끔 폭죽 터지는 것처럼 펑! 펑! 소리가 나고, 아이들이 내지르는 비명이 뒤섞여서 들렸다.

생일 망치기 작전

"빨리 나와!"

연희가 문을 열고 재촉했다.

거실과 주방 사이에는 마녀와 가짜 아빠가 홍홍 할머니를 주방으로 몰아넣으려고 총채처럼 생긴 걸 마구 휘둘렀다. 궁지에 몰린 홍홍 할머니는 둘을 상대로 회초리로 마구 휘둘렀다. 총채와 회초리가 부딪칠 때마다 불꽃이 튀고 펑! 펑! 소리가 났다. 마치 청소하다 말고 싸우는 광경 같아서 웃음이 나올 뻔했다.

가짜 경운이가 생일잔치에 초대했던 친구들에게 자신을 배신할 줄 몰랐다고 화를 냈다.

나는 구렁이가 든 상자를 들고 거실로 나왔다.

"경운이 꼼짝 못 하게 해!"

마녀가 가짜 경운이에게 소리쳤다.

가짜 경운이가 나와 눈이 마주치자 흠칫 놀랐다. 그리고 그의 눈은 연희와 명식이를 차례로 보았다. 이제 더는 가짜 경운이의 행세는 끝났다고 생각했는지 사나운 표정으로 변했다.

"도망갈 생각은 하지 마!"

가짜 경운이가 내 앞을 막아섰다. 그가 마귀 본색을 드러내며 흐흐흐 기분 나쁘게 웃었다. 그리고 주머니에서 인형 하나를 꺼냈다. 찰흙인형의 얼굴은 입을 크게 벌리고 붉은 목젖이 보이는 나였다.

'저거, 저거!'

나는 오른손 검지로 찰흙인형을 가리켰을 뿐 친구들에게 빼앗으라는 목소리는 나오지 않았다. 또다시 내 몸은 거실에 주저앉았다.

"알았어!"

명식이가 내 눈을 통해 인형을 빼앗으라는 말을 읽었는지 가짜 경운이에게 달려들었다. 가짜 경운의 팔을 비틀고 인형을 빼앗으려고 실랑이를 벌일 때, 연희가 가짜 경운이의 손목을 비틀어서 인형을 빼앗았다. 둘은 가짜 경운이가 마귀라는 걸 몰라서 용기가 있었다.

"아악!"

명식이의 안색이 고통으로 찡그려졌다. 가짜 경운이가 명식이의 팔을 비틀어서 비명을 질렀다.

허어! 허어!

나는 가쁜 숨을 내쉬며 주저앉은 몸을 일으켰다.

가짜 경운이가 명식이에게 붙들린 팔을 이용해서 재주를 한 바퀴 돌더니 명식이의 허리를 머리로 받았다. 명식이는 저만치 나가 쓰러졌다. 명식이가 고통스러운 표정을 지으며 일어나질 못했다.

가짜 경운이가 마귀로 변했다. 그의 몸에 입힌 옷들이 팽팽하다가 찌

직 소리를 내며 찢어졌다. 마귀로 변한 가짜 경운이의 몸은 천장에 닿을 만큼 커졌다. 명식이와 연희가 가짜 경운이인 마귀를 보자 어! 어! 비명을 지르며 뒷걸음질 쳤다. 성민이는 안방 책장에서 약병들을 가방에 담고 있었다.

"겁먹지 마!"

내가 악을 썼지만 둘은 겁을 먹고 벌벌 떨었다.

가짜 경운이가 연희에게 찰흙인형을 내놓으라고 커다란 손바닥을 내밀었다. 그의 음흉한 미소가 '내가 널 한 손으로도 해치울 수 있어. 그러니 얌전하게 찰흙인형을 주면 널 다치지 않게 보내줄 게'라고 말하고 있었다.

연희가 계속 나를 보면서 인형을 어떻게 해야 할지 눈빛으로 물었다.

"던지지 말고 기다려!"

나는 연희와 눈이 마주칠 때 입을 달싹거렸다. 연희가 찰흙인형을 던졌다가 마귀가 팔을 늘어뜨려서 낚아채는 일은 식은 죽 먹기였다.

"야! 나하고 싸우자고!"

나는 마귀의 시선을 끌기 위해서 소리쳤다. 그러나 마귀는 내 얕은꾀에 속지 않았다.

마귀의 등 뒤로 안방을 봤다. 약병들을 가방에 담던 성민이가 보이지 않았다. 마귀를 보고 무서워서 숨었을 거라는 생각이 들었다. 성민이가 소리라도 쳐서 1초라도 마귀의 눈길을 끌어주기를 기대할 수 없었다.

마귀의 오른팔에는 명식이가 찰흙인형을 빼앗을 때 생긴 손톱자국이 있었다.

순간 나는 연희의 손에 넣은 찰흙인형으로 뭘 해야 하는지 머릿속에 스쳤다. 내가 위험할 수도 있고 운이 따른다면 성공할 수도 있었다. 상대는 마귀다. 마법찰흙이 마귀에게 통하는 마법찰흙이길 빌었다.

가짜 경운이인 마귀가 연희 앞으로 한걸음 다가가 손을 벌렸다. 연희의 손에 쥔 찰흙인형을 낚아채기만 하면 그만이었다.

나는 가짜 경운이의 허벅지를 발로 찼다. 가짜 경운이가 뒤돌아 봤다.

그때 성민이가 마귀의 머리 위로 담요를 던졌다. 가짜 경운이인 마귀의 얼굴과 허리까지 담요가 씌워졌다.

나는 연희가 던진 찰흙인형의 팔에다 손톱자국을 만들었다. 그리고 심장에 손가락으로 문지르며 주문을 외었다. 마귀는 머리에 씌운 이불을 걷어내느라 몸부림을 치며 괴성을 질렀다.

제발! 제발!

나는 마귀의 본래 모습으로 돌아가길 기도했다.

찰흙인형의 가슴이 따뜻한 온기가 느껴졌다.

나를 덮치려던 마귀의 몸이 푸르르! 튜브에서 바람이 빠지는 소리를 내며 순식간에 작아졌다.

찍! 찍!

거인이었던 가짜 경운이가 순식간에 생쥐로 변하여 주방으로 달아났다.

나는 절뚝거리는 명식이를 부축하여 안방으로 들어갔다. 옷장 안에는 웅크린 아빠가 있었다. 눈물이 쏟아졌다.

"아빠!"

내가 부르자, 아빠는 벽 쪽으로 파고들며 몸을 숨기려고 했다. 그 모습을 보자 울분을 터뜨렸다.

"아빠! 아빠, 나 경운이라고!"

나는 아빠를 끌어내리려고 아빠의 바지를 당겼다. 아빠가 내 목소리를 듣고 기억을 되찾길 바랐지만 아빠는 숨을 곳도 없는 벽 안쪽으로 숨으려고 했다. 눈도 마주치려고 하지 않았다. 내 얼굴도 목소리도 기억하지 못한다고 생각하자 그리고 내가 가짜로 여긴다고 생각하자 화가 치밀었다.

"가짜 경운이가 괴롭혀서 그럴 거야."

연희가 내 팔을 당기며 그만 나가자고 소리쳤다. 마녀가 올 거라고 말했다.

명식이가 내 팔을 당겨서야 안방에서 나왔다. 아빠를 봤다. 아직도 아빠는 벽에 몸을 붙인 채 움직이지 않았다.

주방 구석에 몰린 홍홍 할머니가 많이 지쳐 보였다. 나와 눈이 마주치자 빨리 달아나라고 눈을 희번덕거렸다.

나는 구렁이가 든 상자를 가지고 현관을 나오면서 또 한 번 뒤돌아 봤다. 지팡이처럼 굽은 아빠의 등이 보였다.

눈물이 앞을 가렸다.

빠져나오다

나는 연희네 집으로 갔다.

현관에 들어서자 드라마를 보고 있던 연희 엄마가 생일 축하한다고 반겼다. 그리고 웬 폭죽을 많이 터뜨렸느냐고 웃으면서 물었다.

연희의 방은 깔끔하고 벽에는 연예인 사진들이 가득 했다. 작년 생일 때 왔을 때는 각종 강아지 사진이었다.

1분도 안 돼서 명식이가 가방을 메고 절룩거리며 들어왔고 뒤따라 성민이도 불룩한 가방을 가져 왔다.

"홍홍 할머니는?"

"내가 나올 때 주방에서 폭죽 터지는 소리가 크게 나고, 아저씨가 널 쫓다가 주방으로 뛰어가는 것만 봤어."

명식이가 숨 가쁘게 말했다. 아역 배우처럼 잘 생기고 옷도 단정하게 잘 입고 행동도 바른 생활이었다. 나는 단추가 한두 개는 잠그지 않을 때도 있고, 화장실에 갔다가 나오면 셔츠 끝이 한쪽은 바지 속에 다른 한쪽은 바지 밖으로 나올 때도 많았다. 그래서 엄마가 아침마다 "셔츠를 바지에 잘 넣고, 지퍼도 올리고, 단추도 풀렸는지 거울을 보고…"라고 잔소리했다. 그리고 엄마는 내가 아빠를 닮아서 털털하다고 말했다.

"아프지 않아?"

연희가 명식이의 부은 발목을 들여다보며 물었다. 성민이도 명식이의 발목을 들여다보며 걱정하는 말투로 "아프겠다"라고 말했다.

"괴물이 힘이 엄청 세더라. 팔이 비틀릴 때 부러진 줄 알았어."

"다리는?"

"이제 많이 좋아졌어!"

걱정스러운 연희의 표정과 달리, 명식이는 아무렇지도 않다는 듯이 씩 웃었다. 반장답다는 생각이 들었다.

"병원 안 가도 돼?"

"괜찮아. 근데 와! 대박! 난 경운이가 쌍둥이인 줄 알았어!"

"조용히 말해. 우리 엄마가 들으니까."

연희가 말소리를 작게 하라고 눈짓했다. 명식이가 '아! 그렇지'라고 미안해 하는 표정을 지었다.

"맞잖아. 내가 경운이하고 가짜하고 똑같다고 했잖아!"

성민이가 지난날 자신의 말을 믿지 않았던 명식이에게 우쭐한 목소리로 말했다.

"그런데 저건 뭐냐?"

명식이가 꿈틀거리는 종이상자를 눈짓으로 가리키며 물었다.

성민이가 '난 알아'라고 헤헤헤 웃었다.

"아! 그건….."

나는 상자 뚜껑을 열었다.

"경운이 동생이야. 구렁이가 됐어."

성민이가 말했다.

"뭐?"

명식이가 대체 무슨 말 하냐는 듯 눈동자가 커졌다. 연희와 성민이는 알고 있는 사실이어서 명식이의 놀란 걸 재미있다는 표정이었다.

"마녀가 내 동생을 구렁이로 만들었어."

나는 동생이 구렁이가 된 이야기를 했다.

똬리를 튼 누렁 구렁이가 머리를 쳐들고 혀를 날름거렸다. 여긴 어디냐고 혹은 어떻게 된 일이냐고 내게 묻는 것 같았다.

"가짜 경운이가 생쥐로 변한 거와 같네?"

명식이가 말했다.

"맞아."

우린 고개를 끄덕였다.

"네 동생을 구렁이로 만든 게 새엄마냐?"

나는 고개를 끄덕였다.

"다시 사람으로 되려면 어떻게 해?"

명식이가 묻자, 나는 마녀가 저주를 풀어주지 않으면 사람이 될 수 없다는 말을 했다.

"아빠는 어떻게 할 거야?"

명식이가 조심스럽게 입을 열었다. 마치 아빠를 데려올 기회가 이번밖에 없다고 묻는 것 같아서 마음이 짠했다.

"내가 몇 번이나 데리고 나오려고 했는데,"

내가 입을 열자, 아빠가 나오지 않으려고 고집부린 상황을 연희가 설명했다.

나는 몸을 숨기려는 아빠의 모습을 잊을 수가 없었다.

아빠는 엄마가 집을 나간 뒤로 한 달 동안 거의 술을 먹었다. 엄마를 찾지 못해서 괴로운 게 아니라, 네 살과 일곱 살인 우리 때문에 일하러 가지 못해서 괴로워했다는 마녀의 말을 들었을 때 크게 실망했다. 그리고 아빠는 마녀와 마녀의 딸 유나의 말이라면 꼼벅 죽는 시늉까지 했다.

"경찰서에 신고하면 되잖아?"

명식이가 고민할 것 없다는 투로 물었다.

"내가 경찰 아저씨에게 마녀와 가짜 아빠라고 말했지만, 경찰 아저씨는 마녀와 가짜 아빠 말만 믿고 내 말은 믿지 않아서 방에 갇힌 거야."

나는 말하고 그동안 있었던 이야기도 간단히 설명했다.

"우린 몰랐어!"

연희와 명식이가 동시에 말했다.

"경운이 혼자 싸우는 건 불가능해."

연희의 눈빛이 빛났다. 위기에 처한 경운이를 우리가 도와주어야 한다고 말했다.

"알았어. 나도 도와주면 되잖아."

명식이가 말했다. 성민이는 헤헤헤 웃으면서 "나두"라고 큰 눈동자를 떼굴떼굴 굴렸다. 자신은 경운이와 함께 하기로 약속했다고 말했다.

"야! 이것 봐. 가짜 경운이가 이걸 훔칠 때 날 죽이려고 하더라!"

명식이가 볼록한 가방의 지퍼를 열고 찰흙들을 꺼내 보여주며 말했다. 그중에 궁금했던 초록 약병도 있었다. 모두 책장에 있던 찰흙들이었다. 그의 얼굴에는 전장에 나가 승리하고 돌아온 늠름한 장수 같았다.

나는 찰흙과 약병을 하나하나 확인했다. 엄마가 준 찰흙은 없었다.

"왜?"

명식이가 나의 실망한 표정을 보고 정색했다.

"아, 아냐. 내가 찾는 찰흙이 없어서…."

"책장에 찰흙은 많은데 가짜 경운이가 날 죽이려고 해서 더는 담을 수 없었다고."

"나두 봐!"

성민이도 가방을 내 앞에 가져다 놓으며 말했다.

"고마워!"

나는 마녀의 찰흙이라면 마법이 있을지 모른다고 생각했다. 그리고 이들이 어렵게 가져온 찰흙이 엄마가 준 찰흙이 아니라는 것 때문에 실망을 줄 수는 없었다.

"오늘 작전은 '생일 망치기 작전'이었어. 명식이는 찰흙을, 성민이는 가짜 경운이를, 나는 너를 맡았고, 홍홍 할머니는 마녀와 가짜 아빠를 맡았고, …."

연희가 들뜬 목소리로 말했다.

"고마워!"

나는 친구들이 너무 고마웠다. 가슴 깊숙한 곳에서 뜨거운 뭔가가 목구멍까지 올라왔다. 몸도 따듯한 열기로 데워지는 것 같았다. 무엇보다 연희가 받아쓰기 시험 전과 같이 내게 밝은 목소리로 말해서 기뻤다.

"경운아. 우리가 네 방을 어떻게 열었는지 궁금하지 않아?"

연희가 입에 넣은 과자를 삼키고 물었다.

나는 '어떻게 열었는데?'라는 눈빛으로 연희를 빤히 바라보았다. 갑자기 머릿속이 상쾌해지는 것 같았다. 오렌지 주스를 마셔서가 아니라 연희가 질문했다는 게 기뻤고, 무엇보다 내 팔을 잡고 흔드는 게 예전의 연희가 말할 때 버릇으로 돌아와서 기뻤다.

"아침마다 가짜 경훈이를 데리러 갔을 때 네 방문이 잠겨 있는 걸 봤어. 그래서 너를 데리고 나오려면 열쇠가 필요하잖아."

연희가 열을 올리며 말했다.

"우린 처음에는 열쇠를 훔칠 생각이었다가 가짜 경운이를 이용하기로 했어. 내가 어제 가짜 경운이한테 말했어. 왜 방문을 잠그냐고, 보물이라도 있냐고. 그랬더니 보물도 중요한 것도 없는데. 그런데 왜 잠그냐고 따졌더니 엄마가 잠근 거래. 그래서 너희 엄마한테 물어보라고 했어. 옛날에는 잠그지 않았는데 지금은 왜 잠갔는지. 그랬더니 가짜 경운이가 말을 못 하는 거야. 그때 명식이가 와서 결정적인 한 방 날렸지. '아주 중요한 보물이 있으니까 잠근 거지. 금송아지가 있다든가'라고 명식이가 말하고, 성민이가 '맞아'라고 맞장구쳤더니 가짜 경운이가 얼굴이 벌게지면서 없다고 너처럼 꺼억꺼억! 우는 거야. 내 작전이 성공했지. 생일날에 가서 문이 잠겼는지 확인만 하겠다고 내가 말했어. 그래서 문을 잠그지 않았던 거야. 일이 그렇게 된 거야."

연희가 상기된 얼굴이 발그레했다.

나는 이들이 나를 꺼내려고 머리를 맞대고 고민했음을 알 수 있었다. 그래서 고맙다는 마음의 눈으로 그들을 바라봤다. 전쟁에서 이기고 돌아온 장수에게 존경과 예의를 갖춘 미소와 같은 마음으로.

쟁반엔 포크 네 개만이 덩그러니 남았다.

신기한 물방울찰흙

명식이와 성민이가 간 뒤 나는 홍홍 할머니가 준 약병을 주머니에서 꺼냈다.

약병 표면에 '거품찰흙' 이라고 크게 씌어 있고, 그 옆에는 깨알 같은 글씨로 사용 설명서가 있었다. 붉은 글씨로 '깨끗한 접시에 약물을 떨어뜨리고 좌우로 흔들어보세요. 신기한 일이 벌어질 거예요. 주의할 점은 키 130센티미터 미만은 3방울, 130 이상~140센티미터 미만은 4방울, 140이상~150센티미터 미만은 5방울. 150센티미터 이상은 6방울, 단 한 사람 추가할 때마다 2방울 추가하면 됩니다.' 라고 쓰여 있었다. 홍홍 할머니가 요술 가게 거리로 안내할 때 보았던 거품찰흙이었다.

"빨리 해 봐. 여기 설명서대로라면 우린 여섯 방울이면 돼."

연희가 설명서를 읽고 나서 재촉했다.

"네 방울이면 된다고 했는데."

"야!"

연희가 엄청 서운한 표정으로 나를 노려봤다.

'내가 널 도와주었는데 넌 날 모른
척 하니.' 라는 눈빛이었다.

"맞다. 너도 가야지."

"엄마한테 허락받고 올게."

연희가 내 대답도 듣기 전에 방을 뛰
쳐나갔다.

"접시 큰 거 하나 가져와!"

나는 연희 등 뒤에다 대고 소리쳤다.
진짜 마법사처럼 물방울 찰흙을 가지고
연희 앞에서 마법을 부릴 것을 생각하
니 흥분이 됐다.

"괜찮데."

연희가 주황색 장미가 그려진 접시를
주면서 가도 된다는 허락을 받았다고

말했다.

"너는 마법을 믿어?"

"나도 옛날부터 마법을 믿었어. 그런데….."

연희가 마법에 관한 사연이 있는 듯 이야기를 얼버무렸다.

나는 약병을 들고 기도하는 자세로 앉았다. 휴지로 접시에 물기를 닦은 후, 마개를 딴 병을 천천히 기울여서 접시 위에다 한 방울씩 떨어뜨렸다. 물방울은 기름처럼 꼬리가 있었다. 물방울을 여섯 번 떨어뜨리자 슬라임처럼 하나로 뭉쳤다. 무색투명하고 향기도 나지 않았다.

설명서대로 물방울이 담긴 접시를 좌우로 기울여서 굴렸다.

"어!?"

물방울이 한 번 구를 때마다 비눗방울처럼 두 배, 세 배로 빠르게 커졌다.

연희도 한번 접시를 흔들어보겠다고 해서 접시를 주었다. 거품방울이 점차 커지더니 접시 밖으로 나왔다. 우리는 거품물방울을 방안에서 이리저리 굴렸다. 무엇보다 연희가 날 우러러보는 것 같아서 기분이 좋았다.

"와아!"

연희가 운동회 할 때 구르기 공처럼 거품 방울이 커지자 입을 다물지 못했다.

나는 찰흙과 약병이 담긴 가방을 메고 거품 방울 속으로 걸어 들어갔다. 터지지 않았다. 연희에게 어서 들어오라고 손짓했다.

연희가 검지와 중지로 승리의 '브이' 자를 흔들며 멋지게 발을 거품 방울 속으로 내디뎠다.

"아!"

연희가 거품 방울과 부딪쳤던 발을 두 손으로 감싸면서 고통스러운 표정을 지었다.

"너는 마법을 믿지 않아서 그래."

"나도 믿는다고 했잖아!"

연희가 항의했다.

나는 실패한 연희가 민망할까 봐 말했다가 연희의 자존심을 건드렸다는 걸 뒤늦게야 깨달았다.

"난⋯."

"됐어!"

연희가 토라진 목소리로 내뱉었다. 자신은 도깨비 길에 가면 초록도령과 붉은 도령을 만날 수 있다는 걸 믿었지만 선생님의 귀에 들어갈까 봐 거짓말했다고 말했다.

나는 조금 전 일을 미안하다고 말했다.

"잠깐만!"

나는 창문을 활짝 열고 연희 곁으로 갔다. 그리고 우린 손을 잡고 거품 방울 속으로 들어갔다.

"어! 어!"

거품 방울이 공중에 둥둥 떠서 열린 창문 밖으로 날아갔다.

"성민이네 집 현관 앞으로!"

아파트 창문을 완전히 벗어나자, 나는 외쳤다.

가짜 할아버지와 가짜 성민이

성민이 할머니가 반갑게 맞이했다. 지난번에 먹고 남은 떡과 어묵으로 매콤하고 달콤한 냄새가 풍기는 떡볶이를 만들어서 가져왔다.

할머니는 지난번 일을 두고 미안하다고 세 번이나 말했다.

나는 성민이가 할머니를 모시고 올 때까지 기다리지 않아서 생긴 일이라고, 할머니의 귀 가까이에다 세 번이나 크게 말했다. 하지만 할머니는 허리와 무릎관절이 나빠 빨리 걷지 못해서 벌어진 일이라며 미안하다고 했다.

다음날.

나는 따라가겠다고 고집부리는 성민이에게 지킴이 할아버지만 만나고 오겠다고 안심시키고 나왔다. 지킴이 할아버지가 나만 보면 여우 자식이라고 놀린 데다, 이번 일이 마녀와 아빠 그리고 엄마와 얽힌 일이었다. 이번에 할아버지를 만난다면 모든 걸 물어볼 셈이었다.

오후 6시가 넘어서인지 학교의 교문도 굳게 잠겼고, 지킴이 할아버지도 보이지 않았다.

문방구 아줌마도 의자를 탁자 위에 거꾸로 올려놓고 비질을 하고 있었다.

나는 학교 담을 따라 걸었다. 만약을 위해서 돌멩이에 물어보기로 했다.

'왠지 가지 않았으면 좋겠구나.'

여우가 염려하는 눈빛으로 말했다.

'지킴이 할아버지가 만나자고 해서, 그리고 궁금한 게 많거든. 우리 엄마하고 마녀 사이, 그리고 아빠와 마녀 사이도….'

'우리도 네가 가야 하는 이유를 알고 있어. 하지만 왠지 공기가 싸한 느낌이 들어. 뭔지 모르게 말이야.'

여우가 코를 이리저리 킁킁대며 말했다.

'여우는 미래를 예견할 줄 알아. 여우의 말을 듣는 게 좋을 것 같아.'

호랑이가 거들었다.

'마녀가 속임수를 쓸 수 있어.'

'반드시 가야 한다면 우리를 이곳 어딘가에 숨겨두고 가는 게 좋을 것 같아. 우린 마녀의 손에 들어가는 게 싫거든.'

용이 눈을 찡긋했다.

다섯 마리의 동물의 두려움이 내게도 옮겨졌다. 갑자기 할아버지를 만나는 게 망설여지고 왠지 꺼림칙한 기분까지 들었다.

'너희들이 도와주면 안 돼?'

'우리도 너를 도와주고 싶지. 하지만 우린 행동을 조심하는 중이라고

말했잖아. 벌을 받고 있다고.'

　'우린 마법의 힘이 없으니 돌멩이에 불과하다고 지난번에 말했잖아.'

　돌멩이들이 힘든 처지를 한목소리로 말했다.

　'성민이와 함께 가는 것도 좋은 방법이야.'

　'그래, 성민이라면 널 도와줄 거야.'

　'할아버지만 만나고 올 건데 뭐.'

　나는 돌멩이들의 말을 더 들었다간 불안감만 커질 것 같았다. 돌멩이를 담 밑에 숨기고 돌을 하나 얹혀놓았다.

　바람이 살갗을 스칠 때마다 풀들이 스으윽! 스으윽! 부딪치는 소리가 신경을 거슬렸다.

　지킴이 할아버지가 담벼락에 붙인 벽보를 바라보고 있었다. 오늘따라 할아버지의 몸이 야위어 보였다. 흰 머리카락은 울타리처럼 오른쪽 귀밑에서 왼쪽 귀밑까지 이어져 있었다. 이상한 점은 발견할 수 없었다.

　지킴이 할아버지가 바라보는 아이는 조현민이었다. 내가 일부러 발소리를 냈는데도 할아버지는 듣지 못했다. 나는 할아버지의 손자인지 물어보려다 할아버지의 눈동자에 괴인 눈물을 보고 그만두었다.

　"할아버지!" 라고 부르려니 어색했다. 이유는 "여우 아들 왔구나" 라고 할아버지는 가벼운 농담일지 모르지만 나는 놀려서 싫었다.

　"여우 아들 왔구나!"

　지킴이 할아버지가 연극배우처럼 슬픈 표정을 미소로 바꾸었다.

　"저를 왜요?"

"서둘긴!"

"불렀잖아요?"

"너도 나와라. 쥐새끼처럼 숨지 말고!"

할아버지가 억새들이 내 키만큼 자란 수풀에다 대고 소리쳤다.

"헤헤헤!"

성민이가 억새에 숨겼던 몸을 일으켜 세웠다. 내게 미안한지 겸연쩍게

웃었다.

"너어!"

나는 성민이가 와줘서 두려움이 덜어지는 걸 숨길 수 없었다. 그리고 성민이가 이곳에 먼저 와서 숨었다는 게 믿기지 않았다.

"내가 일부러 오라고 했다. 네가 데려오지 않을 것 같아서 말이야."

할아버지가 말했다.

"헤헤헤!"

"그동안 성민이가 널 도와준 건 무시할 수 없지."

할아버지가 성민이를 한껏 추켜세웠다.

나는 안다. 성민이가 필요하다는 걸. 다만 우리 엄마와 새엄마의 비밀을 알까 봐 싫었을 뿐이다. 이제는 성민이가 새엄마는 마녀이고 동생 경희는 구렁이가 됐다는 사실을 알기 때문에 더는 숨길 수 없다는 걸 인정하자 마음이 편했다.

"너의 집에 가짜 가족이 주인 노릇을 하겠구나!"

할아버지가 질문하듯이 물었다.

우린 담이 끝나는 넓은 공터로 갔다. 지난번에 할아버지가 무릎 꿇고 앉았던 자리였다. 할아버지가 담벼락 밑에 숨겨둔 스티로폼 조각을 가져와 놓으며 앉으라고 권했다.

"경운아, 어떻게 도망쳐 나왔는지 말해주련."

"내가 갇혀 있는 걸 할아버지가 어떻게 알아요?"

나는 할아버지와 성민이가 이야기라도 나눴는지 낌새를 살피며 물었다. 또 있다면 '가짜 경운이가 학교에 빠짐없이 다녔는데 왜 묻지'라는 의문도 있었다.

"너와 가짜와 구별법은 딱 하나다. 넌 걷는 게 자신감이 없는 아이처럼 어깨가 축 처졌고, 가짜는 자신감이 넘쳐서 어깨 쫙 펴고 당당하게 걷는 게 달랐어. 그리고 성민이가 이야기했다. 말하면 안 될 비밀이라도 되는 거냐?"

"아, 아니에요."

나는 우리 학교에 다니는 많은 어린이 중에 할아버지가 내 걸음걸이를 관심 있게 살폈다는 게 놀랐다. 이쯤 되면 할아버지를 의심하면 안되었다.

"성민이가 너희 집에 가서 만나지 않았을 테고…?"

"성민이가 연희한테 말해서 연희가 구해줬어요."

"연희 혼자?"

나는 방에 갇힌 동안 연희가 쪽지를 보낸 사실을 말했다.

"그랬었구나."

"집에서 나올 때 가져온 것은 뭐냐?"

"찰흙이랑 약병이에요."

"그걸 어디에 두었느냐?"

"성민이네 집에 두었어요."

"찰흙과 약병을 어디에 쓰려고?"

"전…."

나는 다음 말을 삼켰다. 할아버지가 약병이니, 찰흙이니 그리고 숨긴 곳과 쓰이는 곳을 궁금해하는 게 수상했기 때문이었다.

"설마 그걸로 마녀와 싸우겠다는 건 아니겠지?"

할아버지의 말이 낯설게 느껴졌다.

"경운아. 내가 너를 만나자고 한 건 너의 새엄마가 이곳에 오는 걸 봤다고 말해주려고 했다."

지킴이 할아버지는 내가 방금 의심한 걸 눈치챘는지 화제를 돌렸다.

"언제요?"

"3일 됐나. 여기 공터를 한 바퀴 둘러보더니 이틀 후, 자정에 여기에서 의식을 치른다는구나."

"어떤 의식인데요?"

"아마 새엄마가 마녀라면 인간이 되는 의식이겠지."

지킴이 할아버지가 내 반응을 살피며 말했다.

나는 처음 듣는 사실에 놀랐다. 우리 가족이 위험해졌다는 걸 느꼈다.

"제가 마녀의 비밀을 알아서요?"

"그럴 수도 있지."

"…."

"넌 어떻게 할 셈이냐?"

"싸울 거예요."

"싸우지 마. 마녀는 무서운 사람이야."

성민이가 끼어들었다.

"난 싸움을 말리지 않겠다. 하지만 너라도 살아야 하지 않겠느냐?"

"그래, 싸우지 않는 게 좋아."

"누가 널 도와줄 사람이라도 있느냐?"

"흥흥 할머니한테 도와달라고 할 거예요."

할아버지가 또 다른 사람은 없느냐는 듯 눈동자가 커졌다.

나는 친구들이 도와줄 거라는 말을 하지 않았다.

"아빠가 속아서 방에 갇혔어요."

"지난번에 네 아빠가 속아서 방에 갇혔다는 걸 들었다. 이번에는 마녀가 널 지난번처럼 방에 가두는 짓은 하지 않을 거다. 이제 넌 쓸모가 없다는 뜻이야."

"할아버지가 그걸 어떻게 알아요?"

나는 그럴 리 없다는 생각이 들었다. 마녀는 인간의 기없이는 못산다고 했다.

"어제 마녀가 이야기하는 걸 들었다. 널 없애려고 할 거다! 그러니 싸우지 않는 게 좋을 거다."

"전 마녀를 가만두지 않을 거예요!"

나는 생각을 분명하게 말했다.

할아버지 곁에 있던 성민이가 내 등 뒤로 움직였다.

나는 방금 성민이의 행동에 '이게 뭐지?' 몸이 굳었다. 뭔가 내가 모르는 일이 주위에서 벌어지고 있음을 직감했다. 특히 할아버지가 마녀의 말을 들으라는 부분과 성민이가 할아버지 편을 드는 게 이상했다.

"나도 마녀가 귀신보다 무섭단다."

갑자기 할아버지가 부드러운 목소리로 말했다.

"그래. 넌 마녀를 이길 수 없어."

또 한 번 성민이가 할아버지와 한편이 되어 말했다.

나는 혼란에 빠졌다. 초록 도령과 붉은 도령을 만났을 때 성민이는 나와 함께 다니는 게 소원이라고 말했다. 이는 어려운 일이라도 나를 위한 일이라면 도와주겠다는 약속이었다. 물론 마녀와 싸워서 내가 이길 수 없다면 싸움을 말리는 것도 나를 위한 일일 수도 있었다.

등 뒤에 있는 성민이가 신경이 쓰였다. 뒤를 돌아다 보았다.

성민이가 내 어깨를 붙들려던 손을 등 뒤로 감추는 걸 보았다. 녀석이 헤헤헤 어색하게 웃었다.

내 머릿속은 방금 성민이가 하지 않던 행동들의 의심을 지울 수가 없었다.

'내가 잘못 봤을까'

나는 긴장한 나머지 잘못 봤다고 생각했다. 성민이가 내 어깨 위에 손을 올려놓을 수도 있었다.

"마녀가 내 몸을 다 뒤져갔는걸요."

"하하하!"

할아버지가 허리를 펴며 크게 웃었다. 방금까지 성민이였던 괴물이 거인으로 둔갑하여 내 허리를 붙들었다.

"지금 네 눈동자는 뭔가 숨긴 걸 빼앗기지 않을까 불안에 떨고 있다. 지금이라도 숨긴 걸 내놓는다면 네 동생과 아빠까지 다치지 않게 해주마."

할아버지가 마귀로 둔갑하자마자 내 주머니를 뒤지기 시작했다.

나는 가짜 성민이에게 붙들린 채 꼼짝할 수 없었다.

51

적산의 비밀

"경운아! 경운아!"

의식이 천천히 돌아왔다. 성민이가 내 팔을 흔들면서 애타게 불렀다.

"경운아! 이제 정신이 드는 거냐?"

지킴이 할아버지가 내 얼굴을 들여다보며 물었다.

"여기가…?"

"괜찮아?"

성민이가 헤헤헤 웃지만 염려 가득한 목소리였다.

"안심해라. 여긴 학교 경비실이야. 어떻게 된 일이냐?"

할아버지가 다그쳤다.

나는 눈에 익숙한 천정과 주위를 보자 마음이 놓였다. 내가 누운 자리
는 긴 소파였다.

"할아버지를 만나러."

"나한테 연락도 없이 말이냐?"

나는 고개를 끄덕이며 성민이를 봤다.

"내가 말했어. 할아버지한테 네가 할아버지 만나러 산에 갔다구."

성민이가 말했다.

그제야 기억이 모두 돌아왔다. 할아버지와 만나자는 약속을 정하지 않았는데 할아버지가 나왔다는 건 의심해야 했다.

"성민이가 당직 선생님에게 찾아와 말해서 나는 알았다. 네가 이 깊은 밤에 혼자 날 만나러 산에 갔다니 나는 깜짝 놀랐다."

"…."

"마녀에게 붙들렸다가 도망쳐 나왔으면 성민이와 함께 가든가 조심했어야지."

할아버지가 나무랐다.

나는 할아버지가 그 사실을 어떻게 아느냐며 빤히 바라보았다.

"성민이가 그동안 새엄마와 너와 있었던 이야기해줘서 알았다."

할아버지가 말하고 나서, 나를 발견하게 된 자초지종을 덧붙였다.

"마녀가 널 왜 헤치려고 했느냐?"

"몰라요."

갑자기 머리가 어지러웠다.

"마녀가 마귀로 둔갑했단다. 네가 도망쳐 나왔으니 궁금했을 거다. 그래서 널 미행했을 거야."

"내 주머니를 뒤졌어요."

"왜 뒤진다고 생각했느냐?"

"음, 돌멩이일 거예요."

"빼앗겼느냐?"

"아니오. 만나기 전에 숨겨두고 갔어요."

내 이야기를 들은 할아버지가 마음이 놓이는지 숨을 길게 내쉬었다.

"다른 말은 없더냐?"

"이틀 후, 자정에 산에서 마녀가 사람이 되는 의식을 치른다고 했어요."

"그래?"

할아버지가 좀 이상하다는 듯 고개를 갸우뚱했다.

"이틀 후에 마녀가 사람이 되려고 의식을 치른다면 아주 중대한 사건이고 비밀일 텐데…. 너에게 비밀을 말하다니?"

"몰라요. 자정에 사람이 되는 의식을 치른다고 했어요. 전 가짜 엄마가 사람이 되지 못하게 방해할 거예요."

"당연히 그래야겠지. 하지만 이상하구나. 귀신들이 의식을 치르는 날은 그믐밤이나 일식이나 월식에 치르는 날로 알고 있다. 이틀 후라면 열사흘인데…?"

"가짜 할아버지가 말했어요!"

"이건 필시 너를 끌어들이기 위한 함정일 수도 있다."

할아버지가 걱정했다.

"전 갈 거예요!"

"잘 생각해 봐라. 마녀가 사람이 되기 위한 의식이라면 일생에 단 한 번 주어지는 아주 중대한 일이란다. 그 일을 망치려고 하겠느냐? 이건 널 끌어들이기 위한 함정이야! 자칫하면 네가 위험할 수도 있어!"

"하지만 우리 가족이…,"

“바로 그거야. 네가 가족을 구하려고 한다는 걸 새엄마가 미끼로 삼은 거야. 가지 않는 게 좋을 거다.”

“저도 경운이하고 함께 갈 거예유.”

성민이가 헤헤헤 웃었다. 가짜 성민이는 가지 말라고 했다.

할아버지는 성민이의 말에는 관심도 없었다.

“마녀와 싸울 무기라도 있느냐? 가령 마녀가 찾고 있는 붉은 눈 찰흙 같은 거 말이다.”

“붉은 눈 찰흙은 없지만 마녀의 방에서 가져온 찰흙과 약병들이 있어요. 그리고 홍홍 할머니한테 말하면 도와줄 거예요.”

“홍홍 할머니가 누구냐?”

“찰흙세계에 사는 사람이에요. 마법찰흙을 주었어요.”

“점점 알 수 없는 말만 하는구나. 찰흙과 약병을 훔칠 때 마녀가 너를 내버려 두더냐?”

“홍홍 할머니와 마녀가 싸우고 있어서….”

나는 짚이는 게 있어서 말문이 막혔다.

명식이와 성민이가 안방에서 찰흙과 각종 약병을 훔칠 때 마녀와 가짜 아빠는 홍홍 할머니와 싸웠다. 그때 주방 구석으로 몰린 홍홍 할머니를 마녀든 가짜 아빠든 한 사람이 상대해도 충분했다. 홍홍 할머니는 두 사람을 10여 분 동안 상대하느라 많이 지쳐있었다. 그뿐만 아니라 마녀가 날 도망가도록 내버려 둔 것도 석연치 않았다. 마녀의 주문이면 나는 꼼짝 못하게 할 수 있었다. 물론 가짜 경운이의 손에 든 마법찰흙을 내가 빼앗았지만,

"새엄마가 마녀라면 가족들 모두가 온갖 요술을 부리는 요괴들이야. 너희들이 찰흙과 약병들을 훔치도록 내버려 두었다는 게 납득이 되지 않아."

"할아버지, 제가 찰흙이 있는 곳을 가짜 할아버지한테 말해버렸어요."

"어디에 두었는데?"

"성민이네 집에요."

"우선 찰흙과 약병들을 우리 집으로 옮겨야겠구나. 서두르자."

할아버지가 성민이를 앞장세우고 걸었다.

"내 짐작으로는 마녀가 내 모습으로 변장한 건 네가 훔친 찰흙이 어디 있는지 알아보기 위해서였을 거다. 그리고 널 도와주는 사람이 누군지 궁금했을 테고."

할아버지가 말했다.

"중요한 건 널 산으로 불러내기 위해서 의식을 치른다고 거짓말 했을 테고."

나는 또 한 번 마녀의 속임수에 속았다는 게 분했다.

"새엄마의 방에서 가져온 찰흙과 약병이라면 마법이 숨겨져 있을 수도 있고, 널 함정에 빠뜨리기 위한 또 하나의 작전일 수도 있지 않아?"

할아버지가 물었다.

나는 가짜 경운이네 집에서 있었던 일을 다시 한 번 떠올렸다. 의심 가는 부분이 많았다. 마녀와 가짜 경운이가 아이들이 찰흙과 약병을 훔치도록 내버려 두었다는 점도 의심이 갔다.

"새엄마가 뭐라 하지 않던?"

"우리 엄마가 마법찰흙과 남자 친구를 빼앗아갔다고 말했어요."

"새엄마 말이 모두 맞다."

"그럼 아빠가 마녀 남자친구란 말이에요?"

나는 아빠와 마녀가 친구라는 사실이라는 게 싫었다.

"네 아빠가 마녀를 데리고 왔다면 그렇다는 것이다."

"할아버지는 어떻게 알아요?"

"나는 네 엄마와 아빠 그리고 새엄마를 아주 잘 안다."

지킴이 할아버지가 말했다.

"내가 29년 전, 대구에서 근무하다 서울로 발령 받아서 너희 학교에 왔다. 그리고 첫해에 너희 아빠와 엄마와 새엄마를 가르쳤으니까 지금도 생생하지. 이름도 기억하지. 복희, 희자, 명수. 너희 엄마와 아빠 새엄마가 다른 아이들보다 좀 유별난 데다 한 몸처럼 똘똘 뭉쳐 다닐 만큼 친한 삼총사였다. 셋이 도깨비 길에 가서 도령들을 만난다고 나한테 많이 혼났다. 한번은 밤늦게까지 아이들이 집에 오지 않아서 마을 사람들이 여우굴에 갇혔던 아이들을 데려온 적도 있었다.

나는 도깨비 길에 가면 초록 도령이나 붉은 도령 이야기에 대해 잘 몰랐거든. 그냥 고장에 내려오는 옛날이야기인 줄 알았지. 그때는 도깨비 길에 갔다가 아이들이 사라진 일은 지금처럼 없었으니까."

할아버지의 표정은 진지했다.

"그리고 너희 엄마 아빠가 졸업한 지 13년이 지나고 다시 너희 학교로 교장이 되어서 왔지. 내가 온 걸 어떻게 알았는지 너희 엄마, 아빠와 새엄마가 과일 바구니 하나 들고 찾아왔어. 너무 잘 컸다고 칭찬해줬지. 그런데 문제는 그다음 해에 너희 엄마와 아빠가 갑자기 찾아와서 결혼식을 당장 올리겠다고 하면서 나한테 주례를 부탁하는 거야. 그것도 결혼식을 내일 올리겠다면서. 그리고 가족이나 친지도 없이. 난 뭔가 좀 이상하다고 생각했지. 너의 아빠와 엄마는 친구 사이이지 좋아하는 사이가 아니었는데 둘이 결혼할 거라고 하니까. 그래서 내가 네 엄마에게 물었어. 친구 희자와 싸웠느냐고. 그랬더니 펄쩍 뛰면서 싸우지 않았다고, 아무 일도 없었다고 하지 뭐냐. 네 아빠한테도 물었지. '결혼을 후회하지 않겠느냐고?' 그때 네 아빠 표정이 진심은 아닌 것 같았어. 결혼한다고 말하는 게 어색하고 당황하는 눈빛이 누군가에게 조종당하고 있다는 걸 느꼈어. 하지만 네 엄마가 네 아빠를 진짜 사랑해서 결혼하는 거라고 우기는 데 나는 말릴 수도 없고 해서 부탁을 들어줬어.… 사실은 네 아빠는 희자라는 새엄마와 결혼한다고 나한테 여러 차례 이야기까지 했으니까 틀림없이 네 아빠와 새엄마가 결혼할 거라고 믿었거든. 그리고 둘이 궁합이 잘 맞았어. 네 아빠는 말이 없고 새엄마는 활달하고 동생들을 잘 챙기는 엄마 같은 아이였어. 네 엄마는 말수가 적고 뭔가 하려고 하면 하고야 마는 고집이 좀 셌고."

"엄마랑 마녀랑 사이가 어땠어요."

"성격들은 다르지만 서로 조화를 이루었어. 네 엄마는 고집은 셌지만 남의 말을 잘 듣는 편이었어. 학교 다닐 때 가끔 다툰 적은 있었지만 크게 싸운 적은 없는 것 같았어. 그런데 네 엄마와 아빠가 결혼한 다음 날 새엄마가 사라졌다는 소문을 들었어."

할아버지가 말했다.

나는 연희가 명식이를 좋아한 후부터 명식이를 질투하고 미워하고 원망했다. 그래서 명식이와 마주쳐도 눈길도 주지 않고 괜한 심통을 부렸다. 할아버지의 말을 듣자, 나에게도 잘못된 점을 발견했다. 연희와 명식이가 서로 좋아하는 것은 연희도 명식이도 잘못이 아니라는 것이다. 내가 명식이를 미워하는 게 잘못이고 질투심 때문이라는 것도 알게 됐다.

"네 엄마가 왜 사라졌는지 궁금하구나."

"엄마는 괴로워서 나갔을 거라 생각해요. 왜냐면 아빠가 마법찰흙을 이용해서 결혼한 사실을 알았으니까요."

"그럴 수도 있겠지."

할아버지의 대답은 모두 인정하는 건 아니라는 걸 내비쳤다.

"저는 아직도 궁금한 게 있어요. 마녀가 붉은 눈 찰흙을 찾았는데도 절 죽이지 않았어요."

"새엄마가 네 엄마 친구라서 살려둔 거지."

"새엄마는 마녀예요. 몸은 사람인데 구렁이처럼 꼬리에 혀까지 있어요."

"새엄마가 찰흙을 훔친 벌로 저주를 받았을지도 모른다. 내 동생이 구렁이가 된 것처럼 말이다."

할아버지가 말했다.

"마녀와 싸우는 일이 아주 힘들게 됐어. 너를 도와줄 만한 사람이 필요할 것 같다."

할아버지의 말에, 나는 홍홍 할머니를 첫 번째로 손꼽았다.

52 격렬한 싸움

구름이 보름달을 가려서 주위가 어두웠다. 마녀가 의식을 치르기 알맞은 밤 같았다.

지킴이 할아버지와 홍홍 할머니가 나왔을까 기대했지만, 공터에는 아무도 나와 있지 않았다.

덤불이나 나무들 사이 어두운 곳에 마녀와 마귀들이 숨어있지 않나 자꾸 살펴보게 됐다. 오늘따라 벌레 우는 소리가 마녀들이 속삭이는 소리 같아서 귀를 곤두세우고 들었다. 어젯밤 처음으로 꿈을 꾸었다. 굴에 갇힌 엄마가 묶인 줄을 풀어달라고 애원하였다. 내가 몇 번이나 다가가려 했지만, 진흙 속에 묻힌 발을 빼낼 수가 없었다.

잠이 부족해서인지 눈까풀이 따끔거렸다.

'마녀가 나올까?'

'으스스한데?'

'그렇지. 으스스하지.'

내가 여우의 말을 받았다.

'내 말은 밤이 <u>으스스한</u> 게 아니라 앞으로 일어날 일이 <u>으스스하게</u> 두렵다는 뜻이야.'

'난 집에 가지 않을 거야.'

나는 머릿속에는 엄마를 찾아야겠다는 생각밖에 없었다. 어제 할아버지가 마녀의 의식을 방해하지 못하면 엄마는 찾을 수 없다고 말했다.

'기가 느껴져. 죽은 자의 기가~!'

용의 혀가 꿈틀거렸다.

'우리가 도와줄 때가 됐나 보다.'

호랑이의 수염이 미세하게 꿈틀거렸다.

'우릴 저기 바위 밑에 숨겨줘. 그리고 넌 우릴 모른 척하고 뒤로 멀찍이 물러나 있어.'

나는 돌멩이가 바라는 바위 밑에 숨겨두고 열 걸음 뒤로 물러났다.

휘이잉!

그때 거센 바람이 숲에서 불어왔다. 순간 내 몸이 옆으로 휘청거렸다.

또 한 차례 거센 바람이 불어왔다.

일이란 내가 생각한 대로 이루어지는 건 고작 1~2%나 될까 말까라고 엄마가 말했다. 내가 마녀를 물리칠 수 있는 일도 1~2%가 될까라는 생각을 하자 두려웠다.

어깨에 멘 가방을 땅에 내려놓고 지퍼를 열었다. 마녀의 방에서 훔친 찰흙으로 만든 49마리의 삽살개들의 모습이 드러났다.

마녀와 마귀들이 지난번 붉은 눈 찰흙으로 만든 삽살개의 눈도 마주치지 못하고 달아났다. 이번 삽살개도 마녀와 마귀들이 꼼짝 못하고 달아

나길 기도했다.

삽살개 한 마리, 한 마리 조심스럽게 풀 위에 세워놓았다. 그리고 마녀가 삽살개를 볼 수 없도록 나뭇잎으로 덮어 위장했다.

킬킬킬!

도깨비 길에서 마녀가 새처럼 날아왔다. 그 밖의 마귀들은 몸을 키우거나 부풀리거나 팔을 늘어뜨려서 내 코앞까지 다가와 괴상한 소리를 질렀다.

구름에 가렸던 보름달이 나타나자 주위가 밝아졌다.

"꼬맹이들이 겁도 없이 여기에 오다니! 그리고 할아버지도!"

마녀가 내 어깨 너머로 소리쳤다. 돌아다보니 성민이와 연희 그리고 할아버지가 도깨비 길에 들어서고 있었다. 성민이가 내 눈과 마주치자 헤헤헤 웃었다. 연희도 우리가 있으니 걱정마라고 나를 안심시켰다.

나는 너무 반가워서 손을 흔들었다. 내 어깨가 힘이 들어가고 작아졌던 몸도 거인처럼 커지는 것 같았다.

어제 성민이가 헤어질 때 했던 말이 떠올랐다. 두 살 때 돌아가신 엄마 아빠를 만나고 싶다고 했다. 내가 엄마 아빠가 교통사고로 돌아가셨는데 어떻게 만나느냐고 묻자, 마법찰흙으로 일주일만 만나면 된다고 했다.

나는 할 수만 있다면 도와주겠다고 말했다.

"덤벼!"

마녀를 향해 눈에 힘을 주며 소리쳤다.

그때 바람이 휭 하고 우리 앞을 지나갔다. 나는 바람이 불어오는 방향을 보았다.

홍홍 할머니였다. 양손에는 나무로 만든 칼이 여러 개 있었다.

"이걸 받아라!"

홍홍 할머니가 우리에게 나무칼을 하나씩 던졌다. 마귀를 쫓는 복숭아 나뭇가지로 만든 긴 칼이었다.

"마귀는 베어도 소용없다! 반드시 칼로 내리쳐야 한다. 그러면 이삼십 분은 기절하여 일어나지 못한다!"

홍홍 할머니가 외쳤다.

"호호호! 그걸로 꼬맹이들이 우리 친구들을 물리치겠다고!"

마녀가 자신의 뒤에 벌떼처럼 몰려온 마귀를 보고도 나무칼로 싸울 거냐고 비웃었다. 마귀들도 입을 크게 벌리며 야유를 보냈다.

"내가 경고했는데!"

홍홍 할머니가 마녀에게 소리쳤다.

"언니는 내 일에 끼어들지 말았어야 했어!"

"탈을 벗어라. 넌 희자가 아니야! 마귀야!"

"호호호! 언니, 그게 궁금하우?"

"잠깐!"

할아버지가 앞으로 걸어 나왔다. 오른손에는 짚으로 만든 마녀 인형이 있었다.

"날 모르겠느냐?"

할아버지가 호통쳤다.

"호호호! 희자와 경운이 엄마를 가르쳤다는 선생님이시군요. 아주 재미있는 선생님이시네요!"

마녀가 비아냥거렸다.

"희자야. 내가 늘 강조하는 말이 있지. '사람답게' 살라는 말, 인간은 인간답게 살라는 말이다. 네가 가장 좋아한다고 말했던 기억을 떠올려 봐!"

"호호호! 선생님은 지금도 훈계하시는 걸 좋아하시나 봐요! 어떻게 하지요? 전 희자가 아니랍니다. 보세요!"

마녀가 몸을 두 번 비틀고 부르르 떨더니 아나콘다처럼 무시무시한 구렁이로 변신했다. 길이는 15m가 넘고, 눈빛은 흑표범처럼 사납게 빛났고, 몸뚱이는 아름드리나무처럼 굵고, 흑갈색이었다. 영화에서 봤던 괴물 아나콘다 같았다.

구렁이가 쉿쉿쉿! 혀로 소리를 내자, 내 몸이 얼어붙었다.

성민이와 연희가 벌벌 떨면서 뒷걸음질 쳤다. 지킴이 할아버지가 짚으로 만든 마녀인형에 불을 지피고 중얼중얼 주문을 외웠다.

마녀와 마귀들이 할아버지를 에워싸고 재미있어 죽겠다는 듯이 낄낄낄 웃었다. 금세 마귀들의 숫자가 두 배로 늘어났다.

"두려워하지 마라! 몸을 부풀린 구렁일 뿐이야!"

홍홍 할머니가 우리에게 소리쳤다.

"끌끌끌! 이제라도 살려줄 테니 조용히 물러가는 게 좋을 거야!"

구렁이의 낮고 웅웅 거리는 목소리로 외쳤다.

"내가 마귀 따위를 무서워할 것 같으냐. 덤벼라!"

"언니라고 봐주려고 했는데!"

구렁이가 홍홍 할머니를 향해 긴 꼬리로 휘둘렀다. 홍홍 할머니가 몸을 펄쩍 뛰어서 피했다.

마귀들이 우리를 향해 떼로 몰려왔다.

우리는 등을 맞대고 나무칼을 마구 휘둘렀다.

나무칼에 맞은 마귀들은 잠시 땅에 쓰러졌다가 10여 분이 지나면 일어나거나 상처가 아물어서 덤벼들었다.

연희는 길게 늘어뜨린 마귀의 손에 다리가 붙들려 끌려가다가 성민이가 휘두른 나무칼에 빠져나왔다. 성민이도 머리 위로 날아오는 요괴의 주먹에 맞아 잠시 주저앉았다. 나도 두 차례나 요괴의 팔에 붙들렸다가 나무칼로 그들을 물리쳤다.

나무칼을 휘두른 지 20분도 되지 않았는데 팔이 무뎌졌다. 성민이와 연희도 가쁜 숨을 몰아쉬며 두 손을 쉬지 않고 휘둘렀다. 우리를 둘러싼 마귀들은 기세가 올라 괴성을 지르며 코앞까지 다가왔다가 사라지면서 괴롭혔다.

무를 자를 수 없는 나무칼이라 마귀들이 두려워하지 않았다.

연희가 다가오는 마귀를 나무칼로 위협하다 칼을 그만 놓치고 말았다. 나는 떼로 몰려드는 마귀를 쫓느라 연희를 도와줄 수가 없었다.

마귀 하나가 팔을 길게 늘어뜨려서 연희를 번쩍 들어 올렸다. 나는 달려드는 마귀를 쫓느라 바라만 봐야 했다.

마귀가 연희를 끌고 숲으로 사라졌다. 성민이가 바보처럼 엉엉! 울며 나무칼을 마구 휘둘렀다.

구렁이가 다시 마녀로 변했다. 이번에는 마녀가 알아들을 수 없는 말로 웅얼거리면서 방울토마토처럼 생긴 붉은 찰흙덩어리 수십 개를 머리 위로 뿌렸다. 붉은 덩어리는 활활 타면서 머리 위로 떨어졌다. 훙훙 할머니가 입을 하마처럼 벌려서 거센 바람을 일으켜서 불똥들을 껐다.

"삽살개야! 마귀들을 물리쳐!"

나는 외쳤다.

삽살개들이 귀를 쫑긋 세웠다.

나는 주머니에 있던 초록 약병을 꺼내 삽살개 몸 위로 뿌렸다.

삽살개들이 몸이 수십 배로 커지면서 꿈틀거렸다.

"물어!"

나는 마녀를 향해 삽살개에게 명령했다.

삽살개가 마귀와 마녀를 향해 흰 이를 드러내고 으르렁댔다.

"호호호! 삽살개가 우리와 싸우겠다고!"

마녀가 재미있다는 듯이 말끝을 올렸다.

나는 마녀의 말을 이해하지 못했다.

"어리석긴, 내 방에서 훔친 찰흙으로 만든 삽살개라니, 호호호!"

마녀의 말에, 나는 그제야 할아버지가 말했던 충고를 떠올렸다. 마녀가 찰흙을 훔치도록 내버려 둔 건 함정일 수도 있다는 충고였다.

"마녀를 물어! 물으라고!"

"경운아, 착하지. 이제는 너밖에 남지 않았다. 잘 보렴."

마녀가 징(놋쇠로 만든 쟁반 모양의 타악기)이 울리는 웅웅 소리로 말했다.

할아버지는 마귀의 팔에 둘둘 말려서 신음을 냈고, 훙훙 할머니는 무기도 빼앗긴 채 쓰러져 있고, 성민이는 마귀에 붙들린 채 옴짝달싹하지 못했다.

"이제라도 살려달라고 빌렴!"

"싫어요!"

"어디 보자! 강아지야, 이리 온! 착하지. 그렇지!"

마녀가 음산한 목소리로 강아지를 부르듯이 손을 내밀었다. 마치 주인이 삽살개를 부르는 것 같았다.

"물어! 물어! 물ー어!"

나는 목이 쉬어라 외쳤다. 하지만 삽살개가 몇 번 으르렁거리다 꼬리를 다리 사이로 감췄다. 멀리 숲을 바라봤다. 마법의 힘을 얻으러 갔던 다섯 동물의 모습은 보이지 않았다.

"물으라고ー!"

내가 다시 한 번 외쳤을 때, 마녀가 알아들을 수 없는 말로 나직하게 삽살개에게 속삭였다. 그러자 삽살개들은 꼬리를 흔들며 앞다리를 내리고 고개를 숙이며 복종의 자세를 취했다. 내가 돌아오라고 목이 터져라 외쳤지만, 삽살개들은 내 말을 외면했다. 마녀가 만든 마법찰흙이니 신중히 생각하고 사용하라는 할아버지의 말이 옳았다.

마녀가 구렁이의 혀로 쉿쉿! 거리며 기분 나쁘게 웃었다.

마귀 하나가 티라노사우르스처럼 몸을 크게 부풀리고 내게 덤벼들었다. 굴에서 날 기절시킨 마귀였다.

또 다른 마귀들과 삽살개까지 하이에나처럼 낄낄거리며 나를 겹겹이 에워 쌓았다. 빠져나갈 구멍은 하늘 밖에 없었다.

마녀에게 붙들리다

"이게 뭔지 아느냐?"

마녀가 득의양양한 목소리로 물었다. 마녀의 손에는 안방 책장에서 봤던 괴물들이 있었다. 괴물들은 팡! 팡! 소리를 내며 몸이 황소처럼 커졌다.

"그딴 거 나는 무서워하지 않아! 덤벼!"

"꼬맹이가 겁도 없이!"

마녀가 요괴들과 괴물들에게 나를 잡으라고 명령했다. 그러자 요괴들과 괴물들이 으르렁거리며 다가왔다.

아호우-!

나는 여우의 언어로 여우를 불렀다. 지금쯤 나타나야 하는데 그림자조차 보이지 않았다.

아호우-!

그때 숲 너머에서 여우의 울음소리가 들려왔다. 잠시 기다리라는 여우의 언어였다.

"뭐하는 짓이야!"

마녀가 눈을 부릅뜨고 주위를 둘러보며 소리쳤다.

"두고 봐요!"

나는 다시 한 번 두 손을 모으고 여우의 울음소리를 냈다.

"설마 네 녀석이…?"

마녀가 내 눈길을 따라 뒤를 돌아다보았다. 멀리 숲 위로 검은 물체가 날아오고 있었다.

"클클클! 저 녀석들이었어!"

마녀가 웃어 죽겠다는 듯이 웃었다.

"저 녀석들은 쫓겨난 수호찰흙동물이구나. 마법의 힘도 없는 주제에 싸울 수 있겠느냐!"

마녀가 가소롭다는 듯이 비웃었다.

돌멩이였던 여우와 호랑이, 괴물 그리고 머리 위로 용과 독수리가 나타났다.

호랑이는 날카로운 송곳니와 앞발로 괴물들과 마귀들을 닥치는 데로 물리쳤다. 여우는 동에 번쩍 서에 번쩍 날아다니며 괴물들과 마귀들의 급소를 노렸다. 독수리는 커다란 발톱과 부리로 괴물과 마귀들을 닥치는 대로 할퀴고 내동댕이쳤다. 수호마법찰흙동물들은 수적으로 적지만 괴물과 마귀들과 싸움은 밀리지 않았다.

꾸앙! 켕! 커엉! 쉬잇!

괴물들의 비명을 질렀다. 몸뚱이가 잘려나간 괴물의 몸에서 시커먼 먼지가 일었다. 마녀는 싸우려 하지 않는 괴물들에게 싸우라고 호통쳤다.

'이걸 받아. 네가 찾던 찰흙이야!'

독수리가 머리 위로 날아와 내 손에 찰흙 뭉치를 떨어뜨렸다. 붉은 눈 찰흙이었다.

'이걸 어떻게?'

나는 마녀의 손아귀에 있던 붉은 눈 찰흙을 손에 받아들고 놀라 입을 벌렸다.

'경운아! 뭐해!'

독수리가 눈을 부라렸다.

"꼬맹아! 이리 줘!"

마녀가 내 코앞까지 손을 내밀었다. 그러자 용이 긴 꼬리로 마녀의 손을 내리쳤다.

"뭐하느냐!"

용의 입에서 불을 뿜어져 나왔다.

나는 재빨리 수천 년 전에 잃어버린 칼을 상상했다. 용이 내 몸 주위로 다가와 나를 보호했다.

"경운아! 네 뒤를 봐라. 친구들을 구해야 하지 않겠느냐!"

마녀가 소리쳤다.

조금 전까지 괴물에 붙들렸던 연희와 성민이가 보이지 않았다. 그 자리에는 똬리를 튼 구렁이 두 마리가 있었다. 마지막까지 열심히 싸우던 지킴이 할아버지와 홍홍 할머니는 온몸이 꽁꽁 묶여 있었다. 홍홍 할머니의 눈이 나와 마주쳤을 때 내 걱정 말라고 눈을 부릅떴다.

조금 전까지 잘 싸우던 수호마법찰흙동물들은 괴물들과 마귀들에게 싸움이 조금씩 밀리고 있었다. 괴물들과 마귀들의 바위 같은 주먹을 여러 마리가 한꺼번에 내지르거나 코끼리 발바닥만 한 발로 찰 때마다 수호찰흙마법동물들은 모두 막아낼 수 없었다. 이들의 주먹이나 발길질에 호랑이가 비틀거리고, 여우는 저만치 날아가고, 괴물은 쓰러지고, 독수리는 다가오지 못하고 하늘에서 뱅뱅 돌았다. 수호마법찰흙동물 한 마리가 괴물 서너 마리와 마귀 대여섯 마리를 상대하느라 지쳐가고 있었다. 그중 마귀의 손가락 두 개가 쓰러진 호랑이 코에 쑤셔 넣고 조롱하는가 하면 내동댕이친 여우의 꼬리를 잡아당겨서 수치심을 안기는 괴물도 있었다. 그 광경을 차마 볼 수 없었다. 용 또한 마녀와 괴물을 상대하느라 입에서 내뿜는 불길도 점차 푸른빛에서 붉은빛으로 변하면서 꺼져 갔다. 조금 전까지 용의 코털 가까이 다가올 수 없었던 괴물들이 용의 코털을 건드리거나 낄낄거리며 잡아당겼다. 괴물들과 마귀들은 번갈아 가며 공격하기 때문에 지치지 않은 데다 수효가 셀 수 없을 만큼 많았다.

　나도 마녀와 마귀들과 싸우느라 팔이 무거웠다. 이제 더는 이들과 싸울 힘도 바닥나 있었다. 용이 끝까지 싸우라고 하지만 귀에 들리지 않았다.

　"내 친구들을 풀어줘요!"

　"당장 붉은 눈 찰흙을 내놓는다면 생각해 보겠다!"

　"주지 않을 거야! 주지 않을 거라고!"

　나는 친구와 수호마법찰흙동물 그리고 할아버지, 할머니를 외면할 수 없었다.

　"잘 봐라! 네가 데려온 수호마법찰흙동물의 목숨이라도 살려야 하지 않겠느냐?"

마녀가 외쳤다. 괴물의 손에 꼬리가 붙들린 여우가 대롱대롱 매달렸다. 독수리도 멀리 날아가 나뭇가지에서 쉬고 있었다.

호랑이도 괴물도 자리에 주저앉은 채 으르렁거리기만 할 뿐 더는 싸울 힘도 없어 보였다.

"너도 친구처럼 구렁이가 되고 싶지 않겠지?"

마녀가 코앞까지 다가와 협박했다.

"덤벼!"

나는 있는 힘을 다해 붉은 눈 찰흙으로 만든 칼을 휘둘렀다. 마녀가 피해 달아났다.

'마녀에게 붉은 눈 찰흙을 주지 마라! 네 엄마를 찾으려면 붉은 눈 찰흙이 필요하다.'

용이 눈을 깜박였다.

그때 괴물이 아이벡스 뿔처럼 커다란 뿔로 용의 머리를 들이받았다. 뿔에 찔린 용의 머리에서 피가 콸콸 뿜어져 나왔다. 용은 움직이지 않았다.

"경운아, 이제 용도 너를 지켜줄 수 없다. 우리 거래하자. 칼을 이리 다오. 그럼 네 친구와 동생까지 저주를 풀어주마."

"싫어!"

나는 붉은 눈 찰흙을 내놓을 수 없다고 악을 썼다. 하지만 구렁이가 된 동생과 친구를 생각하면 마음이 약해졌다.

"마지막 기회다. 붉은 눈 찰흙을 준다면 네 친구와 가족까지 모두 저주를 풀어주겠다."

"엄마가 아무도 주지 말라고 했단 말이에요!"

나는 눈물을 쏟으며 소리쳤다.

"넌 엄마를 찾고 싶지?"

"모른다고 했잖아요!"

"나도 네 엄마가 있는 곳은 확실하지 않다만, 내 짐작인데 네 엄마가 친구를 구하려고 약을 가지러 간 게 틀림없다."

"어디인데요?"

"미혹성이다!"

"거짓말!"

"3년 가까이 네 엄마가 오지 않았다면 틀림없다. 네 엄마는 그곳에 붙들려서 갇힌 게 분명하다. 네가 구하지 않으면 네 엄마는 그곳에서 죽게 될 것이다. 너도 굴에서 봤잖니. 네 엄마의 지금 모습이다. 그깟 붉은 눈 찰흙 때문에 네 엄마를 죽게 내버려둘 수 없지 않느냐?"

마녀가 내 마음을 흔들었다.

나는 이참에 찰흙을 멀리할 거다. 찰흙 때문에 엄마도 잃고 아빠도 내 동생도 저주를 받았다. 언젠가 엄마가 말했다. 엄마도 돈이 없어서 찰흙을 가지고 놀지 않았다고 했다. 그깟 참으면 된다.

"마지막 기회다. 네 엄마가 있는 곳이 어디 있는지 가르쳐 줄 테니 붉은 눈 찰흙을 이리 다오!"

마녀가 손을 내밀었다.

"싫어!"

마음은 붉은 눈 찰흙을 주고 동생과 친구를 구하고 엄마를 찾고 싶었다.

"내 마지막 기회를 거절한다면…!"

마귀들에 둘러싸인 마녀가 두 팔을 벌리고 하늘을 향해 노래를 불렀다. 코끼리 울음소리처럼 작고 음울한 노래가 멀리 퍼졌다.

갑자기 북쪽에서 바람이 세차게 불어왔다. 하늘에는 소나기구름이 보름달을 삼켰다. 땅 위에 있던 흙먼지와 나뭇잎 그리고 나뭇가지들이 소용돌이치며 구름까지 닿았다. 커다란 구름이 소용돌이치며 주먹만 한 우박이 쏟아졌다.

마녀의 몸이 티라노사우루스처럼 부풀었다. 마녀와 괴물들이 우리 주위를 이상한 울음소리를 내며 강강술래 하듯이 빙빙 돌았다. 시간이 흐를수록 바람은 거세지고 마귀들은 빨리 돌았다.

"마법의 칼로 마녀의 심장을 찔러!"

독수리가 외쳤다.

"엄마를 찾아야 해요!"

"어서!"

"엄마를 찾아야 한다고요!"

위잉! 다섯 번의 울림과 함께 다섯 마리 동물이 회오리바람을 따라 빙빙 돌았다. 과가가강! 고막이 울리는 소리와 함께 회오리바람의 기둥이 부러졌다.

쿠아앙! 쾅! 쾅!

세 번의 땅 울림은 커다란 바위가 날아와 땅에 부딪히는 소리였다.

쿠———앙!

다시 한 번 천지가 진동하는 소리가 울렸다.

내 주위에는 믿을 수 없는 광경이 펼쳐졌다.

수호마법찰흙동물의 몸뚱어리가 높이 솟았다가 땅에 떨어졌다.

저만치 헉헉거리는 마녀가 비틀거리며 몸을 세웠다.

"헉! 헉! 미안하다!"

마지막 살아남은 여우가 가쁜 숨을 몰아쉬며 말했다.

"우린 바위 아래 숨었다가 마녀의 기를 훔쳤던 거야."

여우는 더는 말할 기운이 없는지 눈을 감았다.

"다시 한 번 말하는데 붉은 눈 찰흙은 위험한 물건이니 이리 다오!"

마녀가 외쳤다.

"우리 엄마를 찾으면 마법찰흙을 줄 거예요!"

"그 말을 믿어도 되겠지?"

"정말이에요!"

"내 눈을 봐!"

나는 마녀가 시키는 데로 마녀의 눈을 바라보았다. 흐르는 눈물 때문에 마녀가 흐릿하게 보였다.

"좋다! 눈을 감아라!"

"날 죽이려고!"

"붉은 눈 찰흙은 정의로운 마법의 힘이 있다. 올바르지 않은 방법으로 붉은 눈 찰흙을 빼앗거나, 훔치거나, 가진 자를 해쳐도 안 된다는 말을 듣지 못했느냐!"

"나는 그딴 거 몰라요."

"눈을 감아라. 네 엄마가 있는 곳에 데려다주마."

나는 눈을 감았다. 정신을 잃고 몸이 붕 떴다.

"눈을 떠라!"

마녀가 명령했다.

나는 눈을 떴다.

주위는 나무로 둘러싸인 숲이었다. 눈앞에는 커다란 바위 하나가 떡

버티고 있었다.

　마녀가 중얼중얼 주문을 외자, 바위가 옆으로 굴러갔다. 사람 하나가 허리를 숙이고 들어갈 수 있는 굴이었다. 굴속에서 차가운 공기가 훅 뿜어져 나왔다. 나도 모르게 몸을 움츠러들었다.

　"여기가 여우굴이야. 사람들이 들어가면 안 되기 때문에 내가 바위로 막아놓았던 거야."

　마녀가 말했다.

　"할아버지가 말해줬어요. 엄마가 새엄마 때문에 약을 구하러 굴에 들어갔다고요!"

　"노인네가 너한테 거짓말했구나. 나는 맹세코 네 엄마를 여우굴에 보내지 않았다. 그리고 약을 구하라고 명령하지도 않았고. 난 6년 동안 찰흙세계에 가서 찰흙의 마법사가 되기 위해서 공부했다. 그리고 3년 동안 여러 가지 마법약을 만들었지만 네가 훼방을 놓은 바람에 실패하고 말았다!"

　마녀가 으르렁거렸다.

　이제는 숨길 필요가 없겠구나. 나는 지하세계에서 나온 마법사야. 홍홍 할머니가 말한 네 엄마 친구 희자와 똑같이 변장해서 너와 네 아빠와 홍홍 할머니를 속인 거야. 네 엄마 친구 희자는 아직도 자고 있지. 붉은 눈 찰흙을 훔친 저주 때문이야."

　나는 마녀가 거짓말을 하지 않나 눈을 뚫어지게 봤다. 분노로 이글거리는 눈동자를 보자 거짓말이 아님을 느꼈다.

　"네가 자식 된 도리로 엄마를 구해야지 않겠느냐? 그리고 난 네 엄마

얼굴도 모른다."

"저 혼자 들어가지 않을 거예요!"

지난번처럼 마녀가 날 굴에 가두고 달아날까 봐 더럭 겁이 났다.

"난 안 된다. 굴에서 겨우 도망쳐 나왔는데 다시 들어갈 이유가 없잖아. 그리고 또 다른 이유는 굴에 들어갈 망토가 하나밖에 없다."

"같이 쓰면 되지요?"

"망토가 작아서 안 된다. 어쨌든 긴 말 않겠다. 네 엄마를 구할 것이냐, 말 것이냐?"

"전 새엄마와 함께 가지 않으면."

나는 지난번에 굴에 들어갔다가 붉은 눈 찰흙도 빼앗기고 마귀들에게 홀렸던 일이 머리에 스쳤다. 아직도 연희와 엄마에게 속았던 일은 생생했다. 그래서 굴에 들어가게 하려는 마녀의 꾐일지 모른다는 의심을 떨칠 수가 없었다. 망토가 하나라는 이유는 마녀가 가지 않기 위한 거짓말이고, 지하세계에서 나온 것도 거짓말일 수도 있고, 지하세계에 들어가기 싫다는 것도 핑계일 수 있다고 생각했다.

"지난번처럼 속을까 봐?"

마녀가 내 생각을 꿰뚫고 말했다.

"그, 그게 아니라,"

"붉은 눈 찰흙을 지금 달라는 게 아니다. 엄마를 찾은 후에 달라는 거다."

마녀가 말했다.

"갈 거예요."

나는 엄마를 포기할 수 없다고 마음을 굳혔다.

"잘 생각했다. 다녀와서 붉은 눈 찰흙을 내게 주겠다고 약속해다오."

"내 친구하고 동생도 아빠도 저주를 풀어주어야 해요?"

"시간이 지나면 저주는 사라진다."

"지금 풀어주고 가면 안 돼요?"

"시간이 지나면 저주는 사라진다고 하지 않았느냐?"

"거짓말 없기요!"

54
미흑성

"감옥의 위치를 가르쳐 줄 테니 걱정하지 마라. 네 엄마가 갇혀 있다면 찾을 수 있을 거다."

마녀가 나를 앞세우고 굴속에 들어갔다.

굴속은 어둡고 이가 딱딱 부딪칠 만큼 추웠다. 지난번 꽁꽁 묶인 몸으로 차가운 돌 위에 있던 엄마를 떠올리자 눈물이 핑 돌았다.

"지난번처럼 가짜 엄마가 있으면 어떻게 해요?"

"미흑성에서는 성주의 힘이 강해서 마법이 통하지 않는다. 염려하지 않아도 된다."

"그런데 왜 붉은 눈 찰흙이 필요해요?"

"그건 말할 수 없다."

"왜요?"

"앞이나 잘 봐!"

마녀가 으르렁거렸다.

땅 위로 우뚝 솟거나 천정과 옆에서 돌출된 바위들이 어두워서 마귀나 괴물이 웅크린 것처럼 보였다. 살아 움직이는 벌레나 박쥐들은 없고 천정에서 떨어지는 물소리 외에 조용했다.

나는 깜깜한 밤에도 불을 켜지 않고 거실 유리창으로 들어온 빛만으로도 화장실에 갔다.

"벽 쪽으로 바짝 붙어서 천천히 걸어가."

마녀가 내 팔을 당기며 속삭였다.

"안 보여요!"

"2~3분 지나면 어둠에 익숙해질 거야. 그럼 잘 보일 거야."

"미끄러워요!"

내 발에 걸린 돌멩이 하나가 떼구루루 굴렀다. 심장이 멎는 줄 알았다.

"나까지 죽일 셈이야! 우리가 서 있는 바로 아래에는 입구를 지키는 검은 자들이 수두룩한데…."

마녀가 앞을 가로막고 귀를 기울였다. 조용하니까 더 무서웠다.

마녀가 몸을 낮추고 천천히 앞으로 나아갔다. 나는 그 뒤를 바짝 붙어서 걸었다.

한참을 걸어 들어가자, 지하세계인 미흑성이 보였다. 마녀가 아름다운 어둠의 나라라고 말했다.

"어떻게 어둠이 아름다운 나라예요?"

내가 묻는데, 마녀가 무시했다.

천정은 커다란 돌기둥 수백 개가 떠받치고 있었다. 그리고 돌기둥과 돌기둥 사이에는 구름다리가 놓여 있었다. 바위 절벽과 구름다리 아래는 끝을 알 수 없이 깊었고, 바위 절벽과 돌기둥 사이로 시조새처럼 생긴 새

가 두세 마리씩 짝을 지어 날아다니고 있었다. 아래에는 불빛이 반짝이는 나무들이 있었다. 그 사이로 일하는 검은 그림자도 보였다.

나는 넋을 잃고 바라보았다.

"날아다니는 새가 미흑성을 지키는 수호새야. 시조새처럼 생겼지만 박쥐의 먼 친척뻘이지. 이름이 천서라는 새야."

"네?"

나는 마녀의 말을 이해하지 못하고 되물었다.

"천서는 이곳에서 지하세계를 감시하는 병정이나 다름없는 새야. 훈련을 받은 새라고."

"알았어요. 우리 엄마가 있는 감옥은 어디에 있어요?"

나는 마녀가 어려운 말만 한다고 생각했다.

"서울 남산에 올라가서 너희 집을 찾는 격이구나. 눈앞에 보이는 바위 위에도 넓은 지하세계가 있고, 바위 아래에도 넓은 지하세계가 있는데 감옥이 보인다고 생각하냐?"

마녀가 핀잔을 주었다.

"그래도 감옥이 어디 있는지…."

나는 어리석은 질문이라는 걸 알면서도 물러서지 않았다.

"지하세계의 감옥은 은밀한 곳에 숨겨져 있겠지. 지하 감옥이 박물관이라도 되는 줄 아느냐!"

굴 안쪽에서 찬바람이 쌩하니 불어왔다.

"추워!"

나는 몸을 움츠렸다.

"망토를 쓰면 춥지 않아. 특별한 망토거든."

"알았어요."

"감옥이 일곱 개나 여덟 개가 있다고 들었어. 내가 알고 있는 감옥은 다섯 개야. 너희 엄마가 붙들렸다면 그중 다섯 개의 감옥 중 하나일 거야. 나머지 감옥은 특수한 자들이 갇힌 특수감옥이라 지하에 사는 마녀들도 어디 있는지 모른다."

"같이 가면 안 돼요?"

나는 두려웠다. 마녀가 길 안내를 하면 훨씬 찾기 쉬울 거라는 생각이 들었다.

"내가 분명히 말했잖아. 망토가 작은 거 하나밖에 없다고."

"붙들리면?"

나는 경희와 친구들의 저주를 풀고, 엄마를 구해야겠다는 생각만으로 여기까지 왔다. 눈앞에 펼쳐진 지하세계를 보는 순간 지금까지 느껴보지 못한 두려움을 쉽게 떨칠 수가 없었다.

"무섭다면 가지 마라. 나도 들어가고 싶지 않거든."

"아, 아니에요. 들어갈 거예요."

"망토를 뒤집어쓰면 인간의 냄새든 모습이든 모두 숨겨주니까 인간인지 아무도 몰라. 조심하면 돼."

"망토는 어디 있어요?"

"조금만 더 가면 바위틈에 내가 숨겨놓은 게 하나 있어. 저 녀석들이 입은 것과 똑같은 검정 망토야. 그걸 줄 테니 너는 손발과 얼굴이 보이지 않게 잘 쓰고 다녀. 그렇지 않으면 금방 발각되고 말아."

마녀가 바위틈에 팔을 길게 늘여서 숨겨둔 검정 망토를 꺼내 주었다.

"붙들리면요?"

"입구를 지키는 경비병들이 암호를 말하라고 할 거야. 그럼 너는 암호를 대기 전에 덧셈 뺄셈 문제를 내. 지하세계의 규칙은 있지만 암호든 문제든 먼저 내도 상관없어. 그러니까 너는 합이나 차가 20보다 큰 수의 덧셈이나 뺄셈을 내면 돼. 지하 경비병들은 20보다 큰 수의 합이나 차를 내면 그걸 푸느라 자신의 임무를 잊어버리는 버릇이 있어. 그럼 너는 슬그머니 자리를 뜨는 거야. 너를 붙들고 답이 뭔지 묻지는 않아. 녀석들은 계산을 못 해서 바보, 멍청이라는 소리를 듣는 것을 죽기보다 싫어하거든."

"그런데 왜 덧셈 뺄셈이에요?"

"지하세계는 수천 년 전에 만들어졌고 그때 암호도 함께 만들어졌어. 수천 년 전 당시만 해도 어른이나 아이 할 것 없이 덧셈이나 뺄셈을 10 이하밖에 풀지를 못했거든. 그런데 왕의 호위 병사들은 꽤 높은 수준의 지식을 가진 자들이었어. 그들은 20까지 문제도 풀 수 있는 자들이라야 호위병이 될 수 있었어."

"그럼 구구단을 내면 못 풀겠네요?"

"그럼 경비병들은 머리가 핑핑 돌아버릴 거야. 그들은 구구단이나 곱셈은 전혀 모르거든. 그러니까 넌 조심해야 할 것은 손가락과 발가락 스무 개로 할 수 있는 덧셈이나 뺄셈은 절대로 내지 말라는 거다. 녀석들은 20까지 셈은 멍청해도 둘이 손가락 스무 개를 협력해서 금방 풀 수 있다고. 셋이면 30까지,"

"암호는 뭐예요?"

"암호는 장소마다 다르고 어제와 오늘도 달라. 그러니 암호를 묻기 전에 문제를 내라는 것도 그 뜻이야."

나는 마녀가 건네 준 검정 망토를 머리에 씌웠다. 검정 망토가 커서 끝자락이 발끝을 덮었다.

"꼭 거지 같아."

"말을 좀 예쁘게 해라. 망토가 너의 목숨을 구해주는데 고마움은 알아야지."

"퀴퀴한 냄새 나고 더럽잖아요."

"이제부터 내 말 잘 기억해 둬. 입구에서 곧장 앞으로 두 개의 기둥을 지나서 오른쪽 바위벽을 따라 걸어가. 그럼 커다란 기둥이 하나 있을 거야. 그 기둥에 있는 열여덟 개의 계단을 내려가. 그곳에서 불이 수십 개 켜진 커다란 벽이 보일 거야. 그곳이 죄수들이 갇힌 첫 번째 감옥이야. 두 번째는, …."

마녀가 설명했다.

"길이 여러 개 있으면요?"

"미혹성 성주가 사는 곳 외엔 길은 두 개 아니면 하나야. 그러니 길을 잃지는 않아. 다만 두 개의 길이 있을 땐 오른쪽 길을 가면 돼. 지하세계 검은 그림자들은 오른손으로 밥을 먹고 오른손으로 일을 하고 오른손으로 싸우는 종족들이야. 그래서 길도 오른쪽의 길을 걸어가면 지하세계 모든 곳을 갈 수가 있다."

나는 길을 잃을까 하는 두려움이 반은 줄어들었다.

"엄마를 감옥에서 데리고 나오려면 증명서가 필요할 거야. 이걸 보여주면 네 엄마를 감옥에서 꺼내올 수 있어."

마녀가 구불구불한 글씨로 쓰인 붉은 종이 한 장을 주었다. 엄마가 일하는 분식점 벽에다 붙인 부적 같았다.

"마왕이 죄수를 꺼내도 허락한다는 마왕의 서명이 있는 증명서야."

"고맙습니다."

"경운아. 좋아할 것 없어. 내가 마왕의 서명을 위조한 증명서니까 어두운 곳으로 경비병을 데려가서 보여주란 말이야. 그리고 인사할 때는 엄지와 검지로 동그라미를 만들고 '팅가딩가'라고 외치고, 고맙다고 할 때는 검지와 중지를 내밀고 흔들면서 '쿠앙구앙'이라고 하면 돼. 혼동하면 안돼."

마녀의 말에, 나는 따라 외웠다.

"증명서 내밀 때 표정 관리만 잘하고. 넌 불안할 때 네 눈에 '난 거짓말해요'라고 착하게 쓰여 있는 게 탈이야. 그러니까 넌 경비병과 눈을 마주치지 말고 고개를 숙이거나 다른 곳을 보면서 말하란 말이야."

"알았어요."

"조심해야 할 게 또 있어. 기둥과 기둥 사이를 연결하는 다리를 건널 때, 틈새기라는 괴물을 조심해. 틈새기는 먹이를 잡기 위해서 머리와 꼬리로 기둥과 기둥 사이를 오갈 수 있도록 누워 있어. 틈새기들이 사냥하는 방법이야. 넌 건널 때 그 틈새기의 등에 난 삼각처럼 생긴 등지느러미를 만지면 안 돼. 모든 감각이 틈새기의 등지느러미에 있어. 그래서 망토 끝이라도 등지느러미에 닿으면 틈새기가 눈 깜짝할 사이에 널 한입에 삼켜버릴 거야."

"괴물 이름이, 뭐라고요?"

"내가 말할 때 무슨 생각을 한 거야! 방금 내가 틈새기라고 말했잖아. 그리고 지하세계에선 바보같이 소리치고 울면서 엄마나 부르는 아이는 아무도 도와주지 않아. 오히려 위험에 빠지게 되니까 명심해."

마녀는 어서 들어가라고 내 등을 굴 안쪽으로 살짝 떠밀었다.

동굴인 줄 알았던 지하세계는 어마어마하게 넓고 천정도 높았다. 사방은 온통 바위뿐이었는데, 강아지 크기의 작은 바위가 있는가 하면 크기를 가늠할 수 없는 거대한 바위도 있었다.

나는 바위벽을 따라 한 걸음씩 내디디며 앞을 살피며 나아갔다. 어두워서 발끝으로 내디딜 곳이 미끄러운지 바위틈은 벌어졌는지 솟아난 돌부리는 없는지 확인하며 걸었다. 발을 내딛는 바위가 울퉁불퉁한 데다 물기나 이끼가 있어서 미끄러웠다. 돌계단도 폭이 제각각 달라서 발끝만 걸치는 계단이 있는가 하면 2~3m 너비의 계단도 있었다. 걸을 때 질질 끌리는 망토 자락에 발이 감겨서 넘어지거나 엉덩방아를 찧을 뻔한 적도 두 번 있었다.

모퉁이를 돌자 바위를 깎아 만든 열여덟 개의 계단이 있었다. 계단 아래에는 반지의 제왕에 나오는 골룸처럼 등이 굽은 경비병 두 명이 지키고 있었다. 그들은 자신의 키보다 큰 창을 오른손에 들고 있었다. 경비병들은 나의 발소리를 듣고 고개를 들고 올려다보았다.

나는 마지막 계단 두 개를 남겼을 때 다리가 심하게 후들거렸다. 그중 키가 나보다 반 뼘이나 큰 경비병이 내 옷자락을 창끝으로 당겼다. 가까이 오라는 신호였다. 시커먼 망토를 걸친 두 눈은 불타오르는 듯 푸른색이고 콧구멍은 뻥 뚫렸고, 입은 원숭이처럼 튀어나왔고, 뼈만 앙상한 팔과 다리는 길어서 망토 밖으로 삐죽이 나왔다. 영화에서 봤던 죽은 귀신의 모습과 닮았다.

또 다른 경비병은 못 보던 검은 그림자 같다며 고개를 갸우뚱했다. 턱에 털이 수북이 났다.

"암호를 대라!"

경비병이 창으로 내 가슴을 겨누었다. 가까이에서 보니 피부는 희고 돼지처럼 뻣뻣한 털이 많았다.

나는 엄지와 검지로 동그라미를 만들고 "팅가딩가!"라고 외쳤다. 그리고 "십 더하기 이십오는?"라고 경비병들이 생각할 틈을 주지 않고 물었다.

경비병들은 서로 마주 보며 아느냐고 물었다. 내가 10초 동안 기다렸는데도 경비병들은 손가락으로 계산하느라 끙끙댔다. 내가 빨리 사라지기를 바라는 눈치가 보였다.

돌다리를 지나 바위기둥 사이를 지날 때, 천서라 불리는 새가 머리 위로 날아왔다. 커다란 날개가 바람을 일으켜서 머리에 쓴 망토가 벗겨질 뻔했다.

5~6미터 벌어진 바위 사이에는 커다란 틈새기 괴물이 나무다리처럼 놓여있었다. 등에는 물고기 등지느러미처럼 솟아난 두껍고 날카로운 가시가 있었다. 나는 등지느러미를 피해서 가장자리를 따라 걸었다. 피부는 고무 블록을 밟는 것 같았다.

괴물은 내가 발을 내딛는데도 꿈쩍도 하지 않았다.

뾰족이 튀어나온 열한 개의 계단을 밟고 아래층으로 내려갔다. 돌다리를 지나 벼랑에 돌출된 길을 따라 걷자 감옥을 지키던 경비병이 멈추라고 소리쳤다.

나는 엄지와 검지로 동그라미를 만들고 "팅가덩가!"라고 인사를 건넨 다음 "삼십 더하기 이십은?" 하고 문제를 냈다.

경비병은 어려운 문제에 눈동자가 휘둥그레졌다. 경비병 중 덩치 큰 녀석이 작은 녀석에게 빨리 계산하라고 재촉했다.

벽에는 마녀의 말대로 수십 개의 붉은 불이 켜져 있었다. 방마다 죄수가 한 명씩 갇혀 있었다.

나는 내 방 크기의 죄수 방을 들여다보았다. 땀 냄새와 지린내가 훅 풍겨왔다. 죄수들은 손을 내밀고 문을 열어달라고 애원하거나 눈을 번득이며 위협하기도 하고, 데려갈까 봐 구석으로 달아나는 죄수도 있었다. 옷은 더럽고 얼굴도 세수를 하지 않아 시커먼 얼룩이 있었다. 두 번이나 확인했지만 엄마는 보이지 않았다.

두 번째 감옥은 두 개의 다리와 60개가 넘는 돌계단을 두 차례나 오르

내리고서야 겨우 찾았다.

돌로 깎아 만든 여러 개의 방에는 이끼들이 낀 것으로 보아 오래된 감옥이었다. 죄수들은 나갈 희망을 포기했는지 벽에 기대거나 누워 있기도 하고 천정을 멀거니 응시하거나 웅크리고 앉아 있었다. 첫 번째 방의 사람들보다 여위고 얼굴에는 광대뼈가 돋보였다. 낯선 사람이 들여다보는데도 관심을 보이지 않았다.

세 번째 감옥은 기둥과 기둥 사이를 잇는 틈새기를 세 개나 지나쳤다. 감옥은 커다란 바위에 가려져 있었다.

"이십삼 더하기 이십삼은?"

나는 문제를 내고 곧바로 방을 살폈다. 경비병들은 문제를 푸느라 나에게 뭐라 하지 않았다. 이곳은 두 번째 방보다 악취가 더 심했다. 지린내와 똥 냄새, 땀 냄새로 숨을 쉴 수가 없었다. 머리에 쓴 망토를 입에 물고 코앞을 가렸으나 냄새는 막을 수 없었다.

경비병들은 냄새를 맡지 못하는지 아님 냄새에 익숙해선지 전혀 티를 내지 않았다. 나는 엄마를 찾는데 냄새쯤은 참아야한다고 각오를 다지며 방을 들여다봤다.

열한 번째 방에 익숙한 여자의 모습이 눈에 사로잡혔다. 가로, 세로 2m 되는 방 가운데 두 손을 팔베개하고 옆으로 누운 모습이 한눈에 엄마라는 것을 알았다. 지난번에 굴에서 봤던 가짜 엄마의 모습과 똑 닮았다.

온몸이 흥분으로 달아오르고 심장이 쿵쿵 뛰었다. 나는 '침착! 침착!' 라고 머릿속으로 외치며 호흡을 진정시켰다.

나는 일부러 키 큰 경비병을 어두운 구석으로 데려가서 마왕의 가짜

서명이 있는 증명서를 내밀었다. 경비병이 주머니에 있는 마왕의 서명을 꺼내어 머리 위로 쳐들고 맞추어 봤다. 슬쩍 봤는데 가짜 서명을 어찌나 정교하게 했는지 진짜 서명과 똑같았다. 증명서를 받아 든 키 큰 경비병이 오른손으로 동그라미를 그려 신호를 보내자 나를 데려갔던 뚱뚱한 경비병이 오른손으로 동그라미를 그려 보였다. 그리고 엄마가 갇힌 감옥의 문을 열고 엄마를 끌어냈다. 잔뜩 겁에 질린 엄마의 몸은 심하게 떨었다. 밖으로 나오지 않으려고 버티던 엄마를, 뚱뚱한 경비병이 억센 손으로 엄마의 두 팔을 잡아서 거칠게 끌어냈다.

엄마가 아픈지 "아!" 하고 비명을 질렀다.

"쿠앙구앙!"

나는 검지와 중지로 두 차례 흔들며 고맙다고 인사를 건네자, 엄마를 끌어냈던 뚱뚱한 경비병이 내게 "쿠앙구앙!" 하고 검지와 엄지를 흔들며 인사를 했다. 어두운 데다 망토를 코 위까지 드리워 있어서 뚱뚱한 경비병들의 감정을 볼 수 없지만 유쾌한 목소리는 아니었다.

나는 엄마에게 가자고 손목을 당겼다. 하지만 엄마가 감옥의 문을 붙들고 놔주질 않았다. 뚱뚱한 경비병이 문을 잡은 엄마의 손을 신경질적으로 떼어내며 뭐라 투덜거렸다. 욕처럼 들렸다. 내가 가자고 엄마의 손을 당기자 엄마가 털퍼덕 주저앉아 버렸다. 나는 난감했다. 경비병들이 곁에 있는데 내가 엄마 아들 경운이라고 말할 수 없었다.

문득 내가 어렸을 때, 엄마가 내 손바닥에다 손톱으로 꾹꾹 눌렀던 기억이 머리에 스쳤다. 우리는 손잡고 길을 걸을 때, 내가 딴 생각하거나 한눈을 팔면 엄마가 내 손바닥에다 손톱으로 꾹꾹 눌렀었다.

보고 싶은 엄마

　나는 엄마의 왼쪽 겨드랑이에 오른팔을 넣고 부축하여 굴 밖으로 나왔다. 엄마는 오랫동안 굴속에 갇혔던 탓인지 일어서는 것조차 힘들었다. 엄마의 몸은 앙상한 뼈만 남았고, 옷도 지저분한 데다 헝클어진 머리는 오랫동안 감지 않았고, 얼굴과 목에는 이끼 같은 시커먼 얼룩들이 있었다. 몸에서는 땀 냄새와 지린내가 풍겼다. 코를 막고 싶지만 연신 내 얼굴을 확인하는 엄마가 무안할까 봐 참았다.

　우리는 굴 밖으로 나오자마자 부둥켜안고 울었다.

　"엄마!"

　"경운아!"

　"엄마!"

　"여긴, 여긴, 어떻게, 어떻게…?"

　엄마의 목소리는 오랫동안 말하지 않아서 가르랑거린 데다 한마디 하는 데도 힘에 부치는지 끊었다가 말했다.

"마녀가 가르쳐 주었어요."

나는 바위 옆에 서 있는 마녀를 턱짓으로 가리켰다.

엄마는 빛 때문에 잔뜩 찡그린 눈으로 마녀를 바라보았다. 눈이 감긴
거나 다름없었다.

"마녀, 라니?"

"아빠가 데려온 새엄마에요."

"희자, 희자, 맞지?"

엄마는 마녀 귀에 들리도록 외쳤지만, 가까이 있는 나조차도 엄마의
목소리를 정확히 들을 수 없었다.

"엄마! 엄마 친구는 자고 있대."

"그, 그렇지!"

엄마가 혼잣말처럼 중얼거리더니 쓰러졌다.

"꼬마야. 네 엄마는 잠시 기절했을 뿐이야. 붉은 눈 찰흙을 이리 내
놔!"

마녀가 붉은 눈 찰흙을 손쉽게 빼앗으려고 엄마에게 마법을 걸었다는
걸 알았다. 하지만 나는 따지거나 원망하지 않았다.

"내 동생은요? 그리고 내 친구는요?"

"내가 말했잖아. 시간이 흐르면 저주가 풀려서 네 동생과 친구들은
사람이 된다고."

"거짓말 아니지요?"

나는 확답을 듣고 싶어서 마녀의 눈을 노려보며 말했다.

"속고만 살았나. 내 말을,"

"지난번에 속였잖아요!"

나는 굴속에서 속였던 일을 상기시켰다.

"너도 알잖아. 붉은 눈 찰흙은 속여서 가지게 되면 안 된다는 걸."

나는 마녀의 이글거리는 눈빛에서 진실을 확인하고 붉은 눈 찰흙을 건넸다.

"네 엄마는 희자가 있는 곳을 말하면 알 거다. 소나기 퍼붓는 날 셋이 몸을 숨겼던 곳이라고 말하면 안다."

마녀가 씩 웃고 숲으로 사라졌다. 돌아설 때 '바보같이 어리석긴!'

라고 비웃음이 눈가에 스쳤다. 뭔가 잘못되어가고 있다는 걸 강하게 느꼈다.

"내 동생이 사람이 되는 거 맞지요!"

나는 손나팔을 하고 외쳤다. 하지만 마녀는 뒤도 돌아보지 않고 숲으로 사라졌다.

엄마가 의식을 되찾으면서 주위를 두리번거렸다.

"방금, 그 여자는?"

"갔어요."

"그 여자는, 누구냐?"

엄마가 마녀가 사라진 곳을 보며 물었다.

나는 새엄마가 집에 오게 된 일부터 지금까지 있었던 일을 짧게 말했다.

"엄마가 있는 곳을 알려주면 붉은 눈 찰흙을 주기로 약속했어요."

"그래서, 붉은 눈 찰흙을, 주었단 말이야!"

엄마가 놀라서 숨이 멎고 쓰러지는 줄 알았다.

나는 고개를 끄덕였다.

"정말, 정말, 주었단 말이야!"

엄마의 얼굴이 새파랗게 질렸다. 절망감과 나무람이 뒤섞여 있었다. 내가 가장 아끼는 찰흙인형들을 짓밟아버렸을 때의 표정 같았다.

"엄마. 나 이제 찰흙 가지고 만들기 하지 않을 거예요. 엄마만 있으면 돼요!"

나는 울먹이며 말했다.

"그걸, 그걸 주면, 주면 안 되는데….."

엄마가 또다시 기절하였다.

"엄마! 난 그깟 찰흙은 필요 없어요! 엄마만 있으면 된다고요!"

나는 엄마의 품에 안기며 엉엉 울었다.

다시 정신이 돌아온 엄마가 정신이 나간 사람처럼 허공을 바라봤다.

"엄마! 난 이제 찰흙 같은 거 필요 없다고요! 이제 찰흙 가지고 놀지 않을 거라고요!"

"엄마!"

우리가 왔던 길에서 경희가 달려왔다. 그 뒤로 아빠가 걸어오는 게 보였다.

"어떻게 된 거야?"

나는 달려오는 경희에게 물었다.

"엄마!"

경희가 엄마 품을 파고들었다.

"너, 넌 누구야!?"

엄마가 경희를 밀치고 얼굴을 봤다.

"엄마!"

잠시 당황했던 경희가 울면서 다시 한 번 엄마 품에 안기려고 했다.

"넌 요괴야! 썩 꺼져!"

엄마가 경희를 매몰차게 밀쳤다. 경희가 뒤로 벌러덩 넘어졌다.

"엄마! 경희예요. 내 동생 경희라고요!"

나는 엄마의 팔을 잡고 흔들며 소리쳤다. 엄마가 3년 동안 굴에 갇혀 있어서 기억을 잃을 수도 있었다. 나는 경희가 아침과 저녁으로 엄마가 언제 오느냐고 찾았다고 말했다. 하지만 엄마는 경희가 요괴라며 가까이 다가오지 못하게 했다. 나는 마녀가 만든 가짜 엄마일지 모른다는 의심이 들었다. 하지만 굴에서 빠져나올 때 내가 손끝으로 꾹꾹 눌렀을 때 엄마는 내가 아들이라는 걸 알았다. 가짜라면 몰랐을 것이다. 하지만 엄마의 매서운 눈빛은 허튼 거짓말이 아님을 느꼈다.

분위기가 심상치 않았다.

경희가 겁에 질린 채 엄마에게 다가가지 못하고 서럽게 울었다.

나는 마음이 찢어지는 듯 아팠다. 동생은 아침에 눈을 뜰 때마다 그리고 잠들기 전 엄마가 언제 오느냐고 물었다. 2년 전부터 말은 하지 않았지만, 눈은 그렇게 말했다. 그런데 엄마가 동생을 요괴라고 쫓아내는 걸 막을 수 없었다.

나는 아빠가 한마디 해주기를 바랐다. 하지만 아빠는 엄마를 3년 만에 만났는데도 내려다보기만 했다.

나는 경희에게 어떻게 된 일인지 물었다.

동생이 울면서 대답했다. 마녀가 저주를 풀어주었다고 말했다.

나는 조금 전 마녀의 말을 곰곰이 생각했다. 시간이 지나면 동생의 저주가 풀린다고 했다. 그런데 동생은 저주를 풀고 나타났다. 분명 내 동생 경희였다. 하지만 의심은 조금씩 싹텄다. 시골에 끌려가 굴에서 봤던 연희와 성민이 할머니 그리고 엄마를 떠올렸다. 모두 요괴가 변한 가짜들이었다.

나는 엄마가 신경이 예민하니까 시간이 좀 필요하다고 느꼈다.

"엄마, 집에 가!"

나는 엄마의 오른쪽 겨드랑이에 왼손을 넣어 부축해서 일으켰다. 집에 가는 동안 경희가 왜 마귀인지 관찰하기로 마음먹었다.

아빠와 경희가 2~3미터 거리를 두고 나란히 따라왔다.

마녀와 싸웠던 공터에 도착했다.

"경운아!"

성민이와 연희였다.

"어떻게 된 거야?"

나는 너무나 반가웠다. 나 때문에 구렁이가 된 친구들이 다시 사람이 되었다.

"저리 가! 요물들아!"

친구들이 대답하기도 전에, 엄마가 팔을 내저으며 소리쳤다.

성민이와 연희가 영문을 몰라 놀란 표정을 지었다.

나는 '나중에 말해줄 게'라고 입을 달싹였다. 연희가 알았다고 고개를 끄덕였다. 엄마가 3년 동안 굴에 갇혀 있는 동안 머리가 좀 이상해졌다는 말로 이해한 것 같았다.

엄마가 또 한 번 연희와 성민이에게 마귀들아 물러가라고 외쳤다.

나는 엄마가 보여준 행동이 화가 났다. 그래서 친구들이 나를 도와주려고 마녀와 싸우다가 구렁이가 됐다고 엄마에게 설명했다. 엄마는 내가 재차 설명해도 곧이 듣지 않았다. 마치 딴 사람 같았다. 오히려 나를 나무랐다. 요괴도 몰라본다고,

아파트 앞에서 친구들과 헤어졌다. 연희와 아빠 그리고 경희에게 먼저

승강기에 타고 올라가라고 말했다. 그리고 우린 뒤에 올라갔다.

승강기 문이 열리자, 아빠와 경희가 집에 들어가지 않고 기다렸다. 나는 의심이 갔다. 아빠와 경희는 현관의 비밀번호를 알기 때문에 문을 열고 거실에서 기다릴 줄 알았다.

현관문을 열고 들어서자, 신음 소리가 들렸다.

나는 안방으로 달려갔다.

아빠가 꽁꽁 묶인 채 있었다. 뒤따라 들어온 엄마가 아빠를 보자 눈물을 흘렸다. 나는 어찌된 영문인지 몰라 엄마를 빤히 바라봤다.

"경운이 아빠!"

엄마가 아빠의 손을 잡았다. 아빠가 뒤돌아보았다. 지치고 두려움이 가시지 않은 눈이었지만 엄마를 알아봤는지 뭔가 말하려고 애썼다. 아직 마녀의 저주가 풀리지 않은 게 분명했다.

나는 밖으로 나왔다.

방금까지 승강기 앞에 서 있던 아빠와 동생이 보이지 않았다. 승강기는 8층에 멈춰 있었다. 위층과 아래층 계단을 살폈다. 아빠와 경희의 모습은 없었다.

다시 거실로 들어섰을 때, 엄마가 아빠의 손을 잡고 안방에서 나오고 있었다.

"마귀는 몸에서 찬 기운을 느낄 수 있어."

엄마가 입을 열었다.

나는 그제야 경희의 손이 얼음처럼 차가웠다는 걸 깨달았다.

"경희와 성민이 그리고 연희가 구렁이가 됐는데 어떻게 돼요?"

"마녀가 마법의 세계로 애들을 데려갔을 거야."

"어떻게 알아요?"

"붉은 눈 찰흙을 찾지 않으면 우리 가족뿐만 아니라 경희와 연희, 성민이도 위험하게 됐어."

엄마의 어두운 표정을 보니 경희와 내 친구들이 있는 곳을 아는 것 같았다.

나는 마녀가 붉은 눈 찰흙을 가지고 돌아설 때의 기억을 떠올렸다. '바보같이 어리석긴!' 라는 비웃음이었다. 그리고 내가 뭔가 크게 잘못했다는 걸 깨달았다. 순간 한 대 얻어맞은 것처럼 머리가 멍했다.

엄마가 품에서 종이에 싼 뭔가를 꺼냈다. 낡고 누렇게 변한 창호지로 감싼 종이뭉치는 종이로 둘둘 말린 끈으로 단단하게 묶여 있었다. 엄마의 깊은 생각에 잠긴 표정을 보니 붉은 눈 찰흙처럼 중요한 보물임을 느꼈다.

'이게 뭐예요?'

나는 눈빛으로 물었다.

"그걸 가지고 애들을 구하러 가야겠다."

엄마가 말하면서 아빠 눈치를 살폈다. 아빠의 동의를 구하고 싶은 눈빛이었다.

아빠가 입을 꽉 다물고 코로 한숨을 내쉬는 게 들렸다. 눈은 엄마의 눈을 피하지 않았고 체념하는 표정이었다.

'내가 집은 지킬 테니 조심해서 다녀와!'

아빠가 진지한 눈빛으로 말했다.

마법찰흙의 힘을 빌리지 않고 아빠가 엄마에게 말한 건 기적이었다. 비록 눈빛이지만 언젠가 아빠가 엄마에게 말을 건넬 것이다. 엄마의 두 눈에서 눈물이 흘러내렸다. 감격했는지 아빠의 손을 잡았다. 고맙다고 손을 꼭 쥐는 게 보였다.

　마녀와 지킴이 할아버지의 말이 옳았다.

　아빠와 엄마, 희자는 초등학교 때부터 삼총사라 불릴 만큼 친한 친구였다. 그중 아빠와 희자는 초등학교 때부터 서로 좋아했고 커서 결혼할 사이였다. 그런데 엄마가 아빠를 몰래 좋아했다. 엄마는 둘이 결혼하는 걸 두고 볼 수 없었다. 그래서 마법 찰흙을 이용해 아빠의 마음을 움직여서 결혼한 것이다. 아빠는 그 사실을 알고 엄마를 미워했다.

　"머리가 아프구나! 좀 눕고 싶구나."

　엄마가 내게 담요를 깔아달라는 눈빛이었다.

　나는 이불장에서 담요를 꺼내어 엄마 옆에 깔았다.

　누워있는 엄마의 표정이 편안하였다.

　맑고 슬픈 시를 읊조리는 노래가 현관 밖에서 들렸다. 홍홍 할머니의 목소리였다. 마법사와 마녀들이 즐겨 부르는 '틈'의 노래였다.

　엄마가 또 한 번 내게 신호를 보냈다. 현관문을 열어서 홍홍 할머니가 왔는지 확인하라는 신호였다.

틈

벽돌과 벽돌 사이
사람과 사람 사이
시간과 시간 사이에도

틈이 있단다

보고, 보고 또 보고
사랑하고, 사랑하고 또 사랑하고
똑딱, 똑딱 또 똑딱

틈을 알 수 있단다

벽돌과 벽돌 사이에 메운 물질
사람과 사람 사이에 메운 사랑
시간과 시간 사이에 메운 시간들

틈 사이에 낀 건 다르지만

벽돌과 벽돌 사이에 틈이 생기면
　바람이나 벌레가 드나들고
사람과 사람 사이에 틈이 생기면
　미움과 질투가 채워지고
시간과 시간 사이에 틈이 생기면
　악마와 귀신이 드나들지

틈이 생기면 주의할 게 많단다
조심하렴
조심하려~엄